1

Autor: Josef Schoppelt

Herausgeber: Otto Rodamer

Josef Schoppelt
1837-1929

Erinnerungen aus den Jahren
1844 bis 1910 in Siebenbürgen

Herausgegeben von
Otto Rodamer

Norderstedt
2011

Herstellung und Verlag
Books on Demand GmbH, Norderstedt
ISBN 978-3-8423-6319-9

Stahlstich von Ludwig Rohbock. Mühlbach, Marktplatz mit evangelischer Stadtpfarrkirche 1803. Stammt aus „Ludwig Rohbock und Johann Hunfalvy, Ungarn und Siebenbürgen in malerischen Original-Ansichten". Bildarchiv Siebenbürgisches Museum Gundelsheim.

Inhaltsverzeichnis Seite

Foto: Christian Dahinten
Josef Schoppelt und seine Frau

Einleitung

Im Originaltext der von Josef Schoppelt hinterlassenen Aufzeichnungen wurden vom Herausgeber geringfügige sprachliche Veränderungen und Kürzungen vorgenommen. Dieses geschah nur, wo es zum besseren Verständnis nötig war. Es betrifft auch die geringfügige Kürzungen. Ausdrücke, die heute nicht mehr üblich sind, wurden in Klammern gesetzt und erklärt. Wo zum besseren Verständnis unbedingt nötig, wurden kleine geringfügige Kürzungen vorgenommen, Ausdrücke, die heute nicht mehr üblich sind, in Klammern gesetzt und erklärt. Um die Übersicht zu erleichtern, wurden Josef Schoppelts Aufzeichnungen über die Zeit von 1844 bis 1910 in neue Abschnitte unterteilt. Um seine Aufzeichnungen besser zu verstehen, möchte ich kurz einiges über die geschichtlichen Zusammenhänge anführen. Zu der Zeit, in der Josef Schoppelt seine Erinnerungen schrieb, gehörte Siebenbürgen, wie auch Ungarn zur Habsburger Monarchie, Rumänien war zu damaliger Zeit, für Siebenbürgen Ausland.

In Jahre 1842 verabschiedete der siebenbürgische Landtag, mit seiner ungarischen Mehrheit, gegen die Stimmen der sächsischen Abgeordneten ein Gesetz, das die Einführung des Ungarischen anstatt des Deutschen als Amtsprache vorsah. Sachsen und Rumänen protestierten gemeinsam dagegen. Stephan Ludwig Roth spricht sich gegen die offensichtliche „Magyarisierungstendenz" für ein friedliches Zusammenleben der Siebenbürgischen Völkerschaften aus und weist darauf hin, dass man die Rumänen nicht mehr übersehen darf.

Auch über die Ansiedlung von Württemberger Schwaben in den Jahren1845-1848 von Stephan Ludwig Roth, von denen

1000 bis 1200 nach Siebenbürgen kamen, berichtet J.Schoppelt.

Die Sachsen sagten sich vom ungarischen Reichstag los und unterstellten sich der Gesamtmonarchie. (Österreich) Ende Oktober kommt es zum Bruch zwischen dem österreichischen Kaiser und der ungarischen Revolutionführung. Siebenbürger Sachsen und Rumänen erklären die Union Siebenbürgens mit Ungarn für ungültig und schlagen sich auf die Seite des Kaiserlichen Heeres, da die ungarische Regierung es ablehnt, ihnen nationale Garantien zu gewähren. Die Rumänen bewaffnen sich, und die Sachsen stellen ein Jägerbatallion auf. Die Szekler und die Ungarn Siebenbürgens verteidigen die ungarische Revolutionsregierung. Es kommt zu einem verherenden Bürgerkrieg in den Jahren 1848 bis 1849. Österreich konnte das Streben der Ungarn nach Selbstständigkeit mit russischer Unterstützung niederschlagen. Es folgten fünf Jahre – von 1848 bis 1854 - unter österreichischer Militärverwaltung.

Im März 1867 kam es zur Etablierung der Doppelmonarchie Österreich-Ungarn. Siebenbürgen wurde Bestandteil der Ungarischen Reichshälfte. Es begann wieder eine Magayrisierungspolitik, welche zu dauernden Konflikten mit der nicht ungarischen Bevölkerung Siebenbürgens führte. Nach der Niederlage Österreich-Ungarns im ersten Weltkrieg wurde Siebenbürgen im Jahre 1918 Rumänien zugesprochen.

Noch ein paar Anmerkungen zur Person meines Ururgroßvaters. Ich bin sicher in seinem Sinne zu handeln, indem ich seine Aufzeichnungen drucken lasse, um sie einem größeren Leserkreis als nur der eigenen Familie zugänglich zu machen.

Ich wurde von verschiedenen Seiten zur Neuveröffentlichung ermuntert. So erhielt ich unter anderem von Dr. Rolf Schneider in diesem Zusammenhang folgendes Schreiben: „Habe die Aufzeichnungen Deines Ururgroßvaters Josef Schoppelt mit großem Interesse gelesen. Sie sind eine unschätzbare Fundgrube Siebenbürgisch-Sächsischem Kulturgutes des 19. Jahrhunderts. Deswegen wäre es ausgezeichnet, die Aufzeichnungen in Buchform herauszubringen." Gespräche mit vielen Freunden ermutigten mich für die geschichtlich Interessierten und nicht zuletzt für meine eigenen Enkel, dieses einmalige Zeitdokument zu veröffentlichen.

Josef Schoppelt's Familienchronik ist in Deutsch und Rumänisch in der Mühlbacher Zeitschrift „Der Unterwald" als Folge veröffentlicht worden, weil es ebenso interessant geschrieben war, wie die „Lebenserinnerungen von 1844 bis 1910".

Biografie von Josef Schoppelt

Josef Schoppelt besuchte von 1844 -1851 die Volks- und Realschule. In der Revolutionszeit 1849 blieb die Schule 8 Monate geschlossen. Mit 14 begann er die Lehre als Kürschner. Weil sein Lehrmeister sein Handwerk aufgab, erlernte er bei seinem Vater dessen Handwerk Tschismenmacher (Stiefelmacher).

Mit 17 wurde er zum Gesellen freigesprochen und mit 23 Jahren machte er seinen Meiser. 1860 lernte er seine Frau kennen, und am 1. August 1860 wurde Hochzeit gefeiert. Seine Frau erblühte nach einer sehr schweren Jugend.

Ein Geselle und ein Lehrling wurden eingestellt und es ging nach einer anfänglich schweren Zeit beruflich bergauf. Im Herbst 1868 übernahm er das Haus seines Vaters, nach dessen Tod. Im Jahr 1875 vereinigte er sein Gewerbe mit seinem Bruder und beide hatten zusammen viel Erfolg, in der gemeinsamen Werkstatt, die geräumig und günstig gelegen am Marktplatz war. Sie schafften sich als erster Betrieb in Mühlbach eine Nähmaschine für Ihre Tschismenfertigung (Stiefelfertigung) an und beschäftigten nun schon vier Gesellen und zwei Lehrbuben.

Josef Schoppelt pachtete sich im Jahr 1880 elf Joch (1 Joch = Flächenmaß für Felder Größe eines Landstückes, das von einem Ochsengespann an einem Tag umgepflügt werden kann. Entspricht 5754 m²) Land und kaufte sich Zugvieh (Ochsen) Pferd und Wagen, zwei Kühe, eisernen Pflug, Egge usw. Später im Jahre 1888 erwarb er noch vier Joch Land dazu und stellte einen Helfer dafür ein. Es gab Höhen und Tiefen. Er half seinen Kindern beim Hausbau und konnte mit Stolz sagen, dass sechs von seinen Kindern in ihrem eigenen Haus lebten und das siebente dieses wohl auch bald erreichen würde.

Sein Handwerk betrieb er neben der Landwirtschaft bis zur Aufgabe der Werkstatt nach 20 Jahren im Jahre 1880, wo er sich dann ganz der Landwirtschaft und dem Weinbau widmete. Mit 83 Jahren schreibt er: „Nach einem glücklich vollbrachten Lebenswerk durften wir nun auf einen ruhigen Lebensabend hoffen." Am 15.01.1927 feierte Josef Schoppelt seinen 90. Geburtstag bei voller Gesundheit. An diesem Tage wurde er als Mitbegründer des Bürger- und Gewerbevereins aus dem Jahre

1867 bedacht. Er hatte 7 Kinder, 30 Enkel und 10 Urenkel, die ihn mit folgendem Toast am Geburtstag ehrten:

Liebe Verwandtschaft!

Wir sind heute hier versammelt, um ein seltenes Fest zu feiern. Unser lieber Vater, Großvater, Schwiegervater und Oheim begeht heute in lebendiger Geistesfrische und völliger Gesundheit seinen 90. Geburtstag. Wie sollen wir nicht gehobenen und freudigen Herzens diesen Festtag mitfeiern. Neunzig Jahre sind gewiss eine lange Zeit , und wenn jemand wüsste , dass auch ihm eine so lange Lebensdauer beschieden ist , welcher Fülle von Ungewissheiten , harten Schicksalsschlägen und Leiden müsste er dann ins Auge sehen . Aber wenn die Jahrzehnte vergangen sind, dann dünkt alles Erlebte und Ertragene wie ein Tag und eine Nachtwache. Wir lenken unseren Blick zu dem Stammvater unseres Geschlechtes und seine aufrechte, ungebrochene Erscheinung wird uns zum Bilde dessen Erinnerung uns ein Vermächtnis für die Dauer unseres eigenen Lebens sein wird. Unser Vater steht unter uns wie ein Baumstamm, der Stammbaum unserer Familie. Die Unwetter des Lebens haben diesen Stamm umstürmt, die Äste und Zweige des Baumes aber ragen frisch hinaus, bald von rauen Winden umwcht, bald vom goldenen Sonnenschein umleuchtet. Wie dankbar sind wir, dass kein Ast an diesem Baum verkümmert ist. Alle haben Blüten und Früchte getragen. Allen hat es nicht an Sonne, Wärme, Hege und Liebe gefehlt. Sie wuchsen an einem Stamme, der nicht auf der Schattenseite gepflanzt war, und wenn auch aus keinem Spross dieses Baumes ein Gelehrter von Weltruf, kein Mächtiger dieser Erde oder Millionär geworden ist, so steht doch jeder von ihnen auf eigenen Füßen, schafft für sich und die Seinen aus eigener Kraft das tägliche

Brot. Einer wie der Andere kann die Arbeit und will der Arbeit nicht entbehren. Keiner ist auf Abwege geraten, keiner verirrt und verdorben. Das verdanken wir dem gesunden Blut und Saft. Wir fühlen die Gleichheit unserer Art und sind stolz auf sie. Der Leitstamm dieser vielen Zweige und Äste kann heute noch stramm um sich und fromm zum Himmel blicken. Seine Augen sind nicht alt geworden und alte Wunden, die das Dornengesträuch des Lebens in sein Herz gerissen, sind vernarbt. Die Weisheit seines Alters und Erfahrung seines Lebens teilt er noch immer gerne unter die Seinen aus. Sich selbst zum Gedächtnis und seinem Geschlechte zur Lehre und Beratung hat er seine Erinnerungen und Lebensbilder dieser Stadt niedergeschrieben. Über seinem Haupt liegt die Weihe, die Leid und Schmerz verleihen. Durch die Krone auch dieses Baumes ist der Sturmwind mit verderben gebraust. Damals, als uns ein Brüderchen und ein Schwesterchen starben, und damals, als aus dem Wipfel die halbe Krone zu Boden sank, als unsere gute Mutter von seiner Seite abgefordert wurde. Gerade heute wollen wir der Entschlafenen unserer weit verzweigten Familie in stiller Andacht gedenken und ihnen zu Ehren uns von den Sitzen erheben. Zum Schluss aber wollen wir den Stamm unseres Geschlechtes mit dem Kranze kindlichen und herzlichen Dankes schmücken. Wir jubeln ihm zu und bitten Gott, dass er ihn noch lange in solcher Frische unter uns erhalte.

Ein dreifaches Hoch unserem Vater.

Josef Schoppelt starb am 06.07.1929. Er wurde 92 Jahre alt.

Der Ort Mühlbach

Mühlbach liegt im Süd-Westen von Siebenbürgen. Die Stadt ist in eine Berglandschaft gebettet, die nur für diesen Teil Siebenbürgens typisch ist. Wenn man an Mühlbach denkt, dann ist es nicht nur die nette Stadt, sondern auch der „Rote Berg" mit seinen Schluchten, der an Bilder aus Wild-West-Filmen erinnert. Inzwischen ist die Landschaft „Roter Berg" zum Naturschutzgebiet geworden. Für mich ist Mühlbach auch ein Ort der Erinnerung mit schönen Urlauben als Jugendlicher aus Schäßburg, die ich bei den Enkelkindern von Josef Schoppelt verleben durfte. An dem schönen See in der Stadt, wo man sich ein Ruderboot mieten konnte, das schöne Baden in dem Bach und auch die Baumstämme, die dort auf dem Fluss transportiert wurden.

Otto Rodamer, Norderstedt im April 2011.

Vorwort von Josef Schoppelt

Meine Absicht war, meinen Kindern und deren Nachkommen meine Lebensbeschreibung zur Erinnerung zu hinterlassen in rein familiärem Sinn. Da aber von anderer Seite, sowie von meinen Kindern der Wunsch ausgesprochen wurde, auch von der „guten alten Zeit" etwas zu schreiben, so will ich versuchen, etwas aus meiner früheren Jugend, als ich zur Schule ging, von 1844 herwärts über damalige Zustände zu schreiben, man verlange aber ja nicht schriftstellerische Arbeit von mir! Ich will von allen die Wahrheit schreiben, so weit es Gedächtnis erlaubt, mich kurz fassen, vielleicht auch verständlich?
15.01.1920 Julius Schoppelt

Josef Schoppelt 1837-1929

Den ersten Druck der „Erinnerungen" erhielt auch die Bibliothek in Mühlbach mit untenstehender Widmung.

Die Schule

Mit sieben Jahren wurde man eingeschult. Die Anfänger lernten in den Jahren um 1840 das A, B, C zu schreiben, und bis auf hundert zu zählen, und das A, B, C bis ans Ende mit Selbst - und Mitlauten zu verbinden und zu schreiben. In der zweiten Klasse lernten sie erst Worte buchstabieren, lesen, schreiben, sowie die einfachen 4 Spezis, Rechnen und das Einmaleins. In den beiden ersten Klassen sagte der Lehrer den Kindern einen Spruch beim Nachhausegehen, den sie im Sinn halten mussten bis sie wieder zur Schule kamen und ihn dem Lehrer sagen mussten. Auch musste jeder Schüler sich ein Schreibheft aus einem Bogen Schöpspapier (aus der damaligen Strugarer Papiermühle, in Mühlbach) machen, der Bogen kostete einen Kreuzer, und seinen Namen selber schreiben mit Gänsefedern, die der Lehrer jedem zuschneiden und jedes Mal, wenn die Feder nicht mehr gut schrieb, mit dem Federmesser nachschneiden musste. Mit den Gänsefedern behalf man sich bis zum Jahre 1850, wo dann die Stahlfeder sie verdrängte und den Lehrern die Last abnahm, nämlich das Spitzen der Federn. Die dritte Klasse hatte damals einen akademischen Lehrer, David Kasser und bestand aus zwei Jahrgängen, aus dem man dann „ins Latein" oder in die damalige Realschule ging. Die Schüler der dritten Klasse mussten im Winter schon um 6 Uhr, im Sommer von 7 Uhr bis 10 Uhr in der Schule sein, wobei man sich kleiner, runder, selbst gemachter Papierlaternen bediente und bei Licht die so genannte „Preces" abbehielt mit Gesang und Gebet und dann spielte bis 7 Uhr. Dann wurden die Arbeiten durch die vier „Notatoren" und den Imperator geprüft und auf die große Tafel ihre Leistungen mit Kreide verzeichnet. Die mit 6 Fehlern wurden als faul und mit sechsmal faul in der Woche, am Samstag vor dem Judicum mit 6 Rutenstreichen auf den bloßen bestraft. Die mit weniger Fehlern wurden mit dem spanischen Rohr oder Lineal von dem Lehrer in der Klasse bestraft. Der inspizierende Schulinspektor war der damalige Stadtpfarrer Fritsch, schon ein hoher 70er. In der Realschule, aus der 5 Klasse, löste Herr Friedrich Kraus den Herrn Karl Mauksch ab. Das war im Jahre 1850. In der Realschule blieb man in der Regel zwei Jahre, bis man ein Handwerk erlernte. Man lernte auch sehr viel für den eigentlichen Bürgerstand, moderne Rechnungen, bürgerliche Aufsätze, Orthographie, Fremdsprache. Schulstunden wurden, wie erwähnt wurde, in den höheren Klassen im Winter schon um 6 Uhr angefangen bis 10 Uhr, wo wir unser Frühstück, bestehend aus Brot, Nüssen, Äpfel, gebratenen Erdäpfel (Kartoffeln) nach der „Preces" verzehrten, also bis 7 Uhr, wo die Überprüfung der Aufgaben, wie schon erwähnt wurde, durch den „Notator" anfing und bis zum Erscheinen des Lehrers dauerten, das war 8 Uhr. Im Sommer war von März bis Ende Oktober die Frühkirche, wozu geläutet wurde. Mittwochnachmittag war keine Schule, Samstagnachmittag, von 1-2 Uhr gewöhnlich „Judicum", Sonntag von 9-10 Uhr Evangelium, welches erklärt wurde und welches wir mit der Zeit auswendig lernten. Die Deutsche Vorstadt hatte in der Quergasse ihre eigene Schule, von wo man in die Stadt promoviert wurde. Mädchenschule gab es nur eine Klasse unter einem Lehrer Gelch.

Ehefrau und Tochter von Josef Schoppelt
Foto: Christian Dahinten

Von den Wohnungen

Die kleinen bürgerlichen Wohnungen waren in meiner Kindheit sehr beschränkt. Es genügte eine Bettstatt oder zwei, wenn Familie war. Waren viele Kinder, bediente man sich eines so genannten Rollbettes, welches man am Tage unter das Bett schob, wenn es nicht reichte, war ein hölzernes Kanapee da, es diente am Tage zum Sitzen, abends wurde der Deckel aufgeschlagen und ausgezogen, dann war gleich ein Bett für zwei Kinder fertig. Auf diese Art unterbrachte man sechs Kinder neben den Eltern, für das jüngste war die Wiege. Dieses alles in einem Zimmer, sowie einen Tisch, Schubladekasten für Wäsche, ein Kleiderkasten genügte für die Sonntagskleider, die übrigen hatte man ja auf sich, noch vier Stühle genügten, denn man benutzte auch das erwähnte Kanapee. Auch ein Speisekasten war da, wenn Platz war, zur Aufbewahrung von Brot und übrig Gebliebenes der Vorräte. Schüsseln, Teller, Töpfe, Krü-

19

ge, alles „Töpferware" hatten ihren Platz an dem so genannten „Schüsselrahmen", der in jedem kleinen Haushalt an der Wand unter dem Plafon (Decke) angenagelt war. Die meisten kleinen Wirte hatten nur ein Zimmer, welches zu jedem Zweck dienen musste. Es war höchstens noch eine unheizbare Küche mit Backofen und Waschkessel. Der Kachelofen im Wohnzimmer sorgte für ausgiebige Ventilation, wobei aber auch die Wärme bei strenger Kälte und den langen Winternächten den Weg durch den Ofen fanden, so dass oft auch das Wasser im Zimmer fror. Auf die Kohlen im Ofen musste man sorgen, und sie vor dem Schlafengehen mit Asche gut zudecken sonst konnte man in der Frühe kein Feuer anzünden, oder musste man vom Nachbar im Töpfel welche holen. An den Kohlen zündete man Schwefelhölzchen an, die man sich aus Tannenholz, oder Schindel selbst in dünne Streifen spaltete und diese mit der Spitze in warmen Schwefel tauchte. Diese durften in keinem Hause fehlen, man zündete auch die Kerze damit an, oder leuchtete in Eile auch in die dunkle Küche, um etwas ins Zimmer zu holen, oder einem Gast abends hinaus zu leuchten, wenn man nicht die Kerze vom Tisch nahm. In dem Kachelofen, der ungefähr eine 70 cm und etwa 25 cm hohe Öffnung hatte, konnte man fast jedes Holzscheit in den Ofen schieben. Lang konnte es auch 1,2 Meter sein. Man brauchte keine Holzschneider. An den beiden Enden dieser genannten Lichtöffnung befanden sich je ein Haken eingemauert, wo der Bratspieß eingesetzt wurde. Jeder Braten wurde gespießt, sogar die Wurst wurde 2-3mal durchstochen, sowie Schweinsrippe, Hendl (Hähnchen) eine Gans oder Baumstritzel, und unter fortwährendem Drehen ganz nach belieben knusperig gebraten, wobei man eine lange, so genannte Bratenschüssel mit einem kleinen Maul am Ende unterstellte und das abtropfende Fett auffasste. Das Feuer im Ofen erhellte abends das ganze Zimmer, wobei man auch spann, strickte oder Mais abribbelte und dadurch die ohnehin spärlich leuchtende Unschlittkerze (Kerze aus Talg) entbehren konnte, die man von Zeit zu Zeit schenzen musste, da der verkohlte Docht das Licht sehr herabmilderte, dazu war die Lichtputzschere, welche immer auf dem Leuchter ruhte. Auch in dieser umschriebenen Wohnung war man nicht ganz sein eigener Herr. Man musste, wenn die Reihe an einen kam, 2 Mann von der damaligen Garnison (so genannte Polacken) einen Monat ins Quartier nehmen. Wehe dem an den die Reihe im Winter kam. Ich habe dieses bei meinen Eltern erlebt. An der Wohnung waren damals sehr kleine Fenster, alles einfache, manche in den Vorstädten nur so groß wie ein Taschentuch, manche aus Schmeerhaut anstatt Glas, das Glas mag sehr teuer gewesen sein. Die Zimmerdecke „Plafon" bestand aus Balken und Brettern, welche vom Rauch mit der Zeit ganz geschwärzt waren. Die Wände wurden alle Jahre im Frühjahr mit Kalkmilch geweißt, wo dann auch eine gründliche Reinigung stattfand. Der Fußboden, wenn einer war, wurde dann auch gerieben, in seltenen Fällen, wenn eine erwachsene Tochter im Hause war, wurde auch außerordentlich gerieben, man bediente sich der Rutenbesen, da man andere nicht kannte, in besseren Häusern war die Kehrbürste. Der Fußboden wurde mit Wasser bespritzt, um Staub zu verhindern. Auch das Aufspritzen wurde in der Früh überflüssig, denn man wusch sich indem man sich Wasser in den Mund nahm und das verbrauchte Wasser auf den Fußboden zersträute. Fast in der ganze Stadt waren die Häuser mit Schindeln gedeckt, sowie alle Wirtschaftsgebäude, daher auch viele Feuerschäden vorhanden, an Feuerversicherungen kann ich mich für die Zeit nicht erinnern. Doppeltüren und Doppelfenster gab es auch nicht, daher wurden gesprungene Fenster und Türen mit steifem Papier oder Fetzen verstopft. Das Haus, welches ich gekauft hatte, hatte seit seiner Erbau-

21

ung, vielleicht seit hundert Jahren noch immer dieselbe Zimmertür. Daher war sie ringsherum mit Pelzstreifen verstopft, sowie auch die Fenster, ob man sie je öffnet? zu was auch? Der Kachelofen sorgte ja wie schon erwähnt für Ventilation. Auch waren keine Bretter am Fußboden, er wurde nur an hohen Feiertagen mit Lehmbrei gestrichen. Dies waren die Zustände der guten alten Zeit.

Die Steuereintreibung

Da ich von der Requartierung von den so genannten Polaken schrieb, will ich nun auch die Steuereintreibung schildern, weil sie mit Hilfe von denen geschah. Der Steuereinnehmer war eine Vertrauensperson, von der Stadtvertretung gewählt, und hatte den Namen Steuerexaktor , der hatte einen Rumänen als Diener, mit einem breiten Ledergurt auf dem das Stadtwappen aus Messing glänzte, dieser bekam einige Steuerrückständler zu mahnen, soviel auf einmal als er eben im Sinn halten konnte. Bei jedem machte er sich ein Kerbchen in den ziemlich langen Stock, denn lesen und schreiben konnte er nicht. Die rückständige Steuer musste innerhalb von 8 Tagen nach der Mahnung bei Vermeidung der Exekution gezalt werden, als Mahngebühr erhielt er einen Petak, das waren sieben Kreuzer. Nach verlauf dieser Zeit erschienen richtig etwa 10 Mann Polaken in voller Rüstung bei meinen Eltern, in Begleitung des „Gornick", so hieß man den Diener, der einen Mann mit sich ins Zimmer führte mit der Weisung, ihn in voller Verpflegung so lange zu halten, bis alles bezahlt war. Meine Eltern, die jährlich eine Steuer von 6 fl. Conventions-Münze zahlten, waren etwa 60-70 Kreuzer rückständig aus irgendeinem Grund. Mein Vater schickte aber sofort meinen älteren Bruder mit der rückständigen Steuer, welcher auch in derselben Stunde mit einer roten Quittung mit dem Stadtwappen darauf, die der Mann auch als solche anerkannte, und voll Verdruss seine Rüstung wieder an sich nahm und das Haus verließ. Seinen Kollegen wird es auch nicht besser gegangen sein.

Wenn man bedenkt, auf welch niedriger Kultur das Militär in den Jahren um 1840 war, wo man nur die schlechtesten und ärmsten zum Militär nahm, teils durch freiwillige Anwerbung oder gewaltsam sie mit Stricken gebunden zum Militär schleppte, wo man sie so lange zum Dienen zwang, solange sie noch körperlich tauglich waren. Ich kannte etliche Mühlbacher, die 18 Jahre gedient hatten, bei den damaligen Marterstrafen die waren: 25 Stockstreiche, Spießrutenlaufen u.a.m. Außer dieser Geldsteuer gab es noch eine Steuer, die man an das Militär in Natura abgeben musste, das war Hafer, Heu und Stroh. Das große Magazin, wo man die Naturalien unterbrachte, war in dem damaligen unteren Stadttor, daselbst war auch die Rauchfangkehrerwohnung, wo danach das Postgebäude stand. Eine dritte Steuer ist der zehnte des Geistlichen.

Vom zehnten des Geistlichen.

Dieses war damals die größte Grundsteuer, die man dem jeweiligen Stadtpfarrer abgeben musste, der so genannte „Zehnte" von der ganzen Fechsung (Ernte) des Mühlbacher Hattert (Felder die zum Ortsbereich gehören) an Kornfrüchten und Wein, ohne Unterschied der Konfession. Die Art der Einhebung war die: Nach der Ernte wurde ein Teil des Hattert, auf welchem Halmfrüchte standen, durch eine Vertrauensperson begangen und von Joch zu Joch die Fruchthaufen gezählt. Der zehnte Haufen wurde bezeichnet, der musste auf dem Felde zurückbleiben. Nach beendigter Schätzung, welche in 14 Tagen erledigt sein musste, konnten die Leute ihre 9 Teile einführen, der 10 Teil blieb zurück, den sich der Stadtpfarrer auf seine Kosten in seine großen Scheunen einführte, nachdem er den dritten Teil seinen zwei Predigern überlassen musste. Bei der Mais- und Weinernte musste jeder mit seiner Fechsung (Ernte) vor die große Laube fahren, um seine Fechsung von den Vertrauensmännern schätzen zu lassen, die im Herbst solange im Dienst bleiben mussten, solange noch etwas auf dem Felde war, und zwar von morgens um 6 bis abends um 6 Uhr, ununterbrochen bei Speis und Trank. Die Lauben wurden an geeigneten Stellen errichtet, die eine an der Landstrasse außerhalb der rumänischen Vorstadt, die zweite am Ende der deutschen Vorstadt, die dritte am Viehmarktplatz. Bei der letzten Laube wurde auch Most bemautet. Es wurde aus jedem vorgeführten Bottich „nach Gutdünken" mit einem kupfernen Topf geschöpft und in die bereitgestellten Fässer für den Stadtpfarrer und dann auch den Weingartenhüterlohn auf diese Art eingehoben, welche auch ihre Fässer aufgestellt hatten. Der katholische Geistliche erhielt auch freiwillige Spenden auf diese Art, hauptsächlich von seinen Kirchenleuten. Bei dieser Prozedur standen die beladenen Wagen mitunter so lange, dass sie mit einer Stunde Verspätung nach Hause kamen, was für manchen ärgerlich war bei den ohnehin zu kurzen Tagen. Bei der Maisernte war auch in jedem Felde, das für Kukuruzanbau (Maisanbau) bestimmt war, der Tag des Beginns der Ernte angegeben, sowie der Vollendung. Vor der Zeit war es nicht erlaubt, obwohl manches Land früher reif war und umgekehrt. Das Feld musste in diesen acht Tagen eventuell 3 - 4 Tagen

„obere Wiesen" geräumt werden ohne Rücksicht auf das Wetter, denn die Herden wurden dann ohne Rücksicht auf das bestimmte Feld getrieben. Dieses bezog sich auf die Hattertteile, da waren „Winzer-, Pianer-, Rosen- und Johannisfeld, wenn die Reihe zum Kukuruzanbau an ihnen war. Die Wiesen bekamen bloß drei bis vier Tage mit Rücksicht darauf, da mit längerer Dauer auch die Weingärten länger in Gefahr waren, geplündert zu werden. Wer nicht fertig wurde mit der Maisernte in dieser Zeit, war ganz schutzlos. Die Fuhrleute hatten das Recht während der Weinlese unter den Weingärten ihr Vieh weiden zu lassen. Unter diesen Verhältnissen bekamen die Weingartenbesitzer billige Fuhrleute. Da man auf diese Art mit einem bestimmten Felde, in bestimmter Zeit rechnen konnte, wickelte sich die Sache rasch ab. Die beladenen Wagen fuhren die Lende. Zwei bis drei Schätzmeister besorgten gleich zwei bis drei Schätzungen, der Protokollführer nahm sie auf und entließ, nachdem auch der Feldhüter seinen Korb voll nahm (Es sollte ein Viertel sein. (Ein Viertel ist eine Maßeinheit ab dem Jahr 1876 von 20 Litern, davor 23,1 Litern). Sowohl der Kuh-, Kälber- und Büffelhirte nahmen vom Vollen, was in seinen Korb gehen wollte, per Joch und Stück. Diese protokollierten und von der Kommission geschätzten Beträge mussten nun, sobald das Kukuruz (Mais) ziemlich trocken war, von den Schuldnern auch auf den Pfarrhof befördert und quittiert werden. Für all diese Abgaben und Aufregungen erhielt jede Nachbarschaft Mühlbachs ein Erntefestmahl als Entgelt. Diese beschriebenen Zustände der guten alten Zeit dauerten bis ca. zum Jahr 1855.

Die Einwanderung der Schwaben nach Mühlbach

In den Jahren 1846 bis 1847 bekam Mühlbach einen ansehnlichen Zuwachs von rund 30 Familien deutscher Einwanderer aus Württemberg, welche sich hier mit der Zeit in Sprache, Kleidung und Gebräuchen bei uns einlebten. Ihr Dialekt war für uns am Anfang schwer verständlich, da sie als Feldbauern nur diesen sprachen. Ihre Kleidung war auch auffallend, die Hosen bis zum Knie, Socken und Schnallenschuh, eine Weste, bei manchen sehr große Metallknöpfe, so groß wie unsere 2-Kronen-Silberstücke, eine Jacke und einen selbst gesponnenen und gewebten Zwilchkittel, blau oder grün gefärbt. Die Frauen trugen ein spitzes Häubchen, am Sonntag trugen sie schwarz, auch trugen sie Strümpfe und Schnallenschuh. Am Werktag hatten sie selbstgesponnenes gewebtes und gefärbtes als Kleidung. Sie waren gottesfürchtig und besuchten die Kirche und gingen zum Abendmahl. Die Kinder besuchten die Schule und wurden bald mit unseren vertraut. Das soziale Leben blieb aber noch Jahrzehnte unter sich. Sie heirateten unter sich, sie gingen auch ins Wirtshaus unter sich, und lernten auch bald den Unterschied kennen von ihrem Obstwein und unserem Traubenwein, wo sie dann schließlich beim Traubenwein blieben und manchen harten Taler dafür einwechselten. Die Jugend hatte am Sonntagnachmittag ihren Tanz in der Schenke im Schotschschen Hause, unten links vom Tor. Sie tanzten auf den Laut einer Mundharmonika bei offener Tür und sangen dazu „Hopsei Schwabenstiefel, lupf den Fuß und tanz a bissel" usw. Unter ihnen waren auch ernste und fleißige Familien, die es in der Landwirtschaft und sonstigen Berufen zu etwas brachten. Es waren auch etliche Handwerker unter ihnen, Schuster, Weber, Zimmerleute und Gastwirte. Die Namen der eingewanderten Familien sind mir noch im Gedächtnis, bis auf die Familiennamen, die sich in Deutsch–Pien angesiedelt haben. Nach Mühlbach kamen: Auschwitzer, Ballreich, Blickle, Baumann, Elsässer, Gamerdinger, Gauger, Götz, Lorch, Müller, Metz, Eisle, Preß, Jekli, Rekker, Kraus, Schüle, Seile, Scherer, Tudium, Wahl, Bötsch, Peffer, Kugelmann Knörr, Weiß. Alle diese Familien haben sich mit unseren Sachsen und Durlacher befreundet und verschwägert.

Huttertante im Jahr 1860

Vom ev. sächsischen Kulturverein

Der Verein für Landeskunde und Wissenschaft hatte in Mühlbach 1846 seine erste Tagung. Die Versammlung sowie das Festessen waren in dem damaligen Sonnensteinschen Garten in der Gallusgasse. Dort wurde für diesen Zweck eine mehrere hundert Menschen fassende Laube von Brettern gebaut, sowie eine gemauerte Küche die heute noch steht. In den 4 Joch großen Garten waren Kieswege angelegt und Gäste hielten sich dort mehrere Tage auf. Die in Mühlbach angekommenen Schwaben stellten ihre mitgebrachten landwirtschaftlichen Geräte aus. Es waren Pflüge, Sensen, Sicheln aber auch Sämereien, z.B. die Futterrübe, und auch Kleesamen, die man bis zu der Zeit hier nicht kannte.

Vom Postwesen

Im Jahre 1848-49 war ich zwölfjähriger Schüler der fünften Realschule und verdiente mir nebenbei als Postbriefträger etwas Geld. Vor und nach der Schule besorgte ich diesen Dienst. Täglich liefen im Durchschnitt 10 und gegen die hohen Feiertage 20 Briefe und darüber ein. Für jeden bekam ich meinen dicken Kreuzer in Konventions-Münze, für einen Geldbrief 3 Kreuzer. Die Zeitung holten sich die paar Abonnenten selber ab, es war das Hermannstädter Wochenblatt, der Pester Lloyd und der Wiener Figaro.

Die Expedit Kanzlei war in der Jakobigasse, in dem jetzigen Eduard Dahinten Hause. Postmeister Gunesch wohnte oben. Expeditor war Herr Josef Ritz. Postpferdebesitzer war Vorro`, welcher immer 40-50 Pferde zur Verfügung stellen konnte, auf seinem Hof waren auch die Stallungen, wo sich jetzt das Eichamt befindet. Aus den Stallungen wurde später die Wohnung an der katholischen Schule gemacht. Das Postamt in Mühlbach musste für drei Stationen die Postbeförderung besorgen. Es war für Zslobod, Reußmarkt und Karlsburg. Oft brauchte man zwei Züge zugleich, ohne die Extrapost welche von einem Reitknecht oder einem zweirädrigen Karren transportiert wurde. Es war die Diligenee Lastwagen. Die Diligenee (Postkutsche) beförderte nebst Personen auch Wertsachen, die oft nebst dem Kondukteur, (Schaffner) mit einem bewaffneten Mann, begleitet wurden. Der Lastwagen fuhr immer mit der Dilligenee zusammen, wenn Frachtgut war. Wenn der Postillion in sein Posthorn blies, dann musste alles zur Seite weichen, so dass die Strasse frei war. Die Pferde samt Kutscher blieben auf der benachbarten Station, bis sie wieder eine Gelegenheit hatten beladen zurück zu kommen. Die vielen Pferde wurden den ganzen Sommer auf die Weide getrieben, sobald sie ihre Arbeit hinter sich hatten. Ihr Weideplatz war der Postgarten, wo jetzt das Spital steht, daher stammt der Name Postgasse. Im Winter bei hohem Schnee mussten die Postwagen mit Ochsen bespannt werden, wobei eine große Verspätung eintrat.

Das Verkehrswesen

Den großen Frachtverkehr besorgten für Hermannstadt und Umgebung die Klein - und Großscheurer Fuhrleute, für Kronstadt die Burzenländer mit ihrem kolossalen großen, breitspurigen, gedeckten mit hölzernen Achsen und mit zwei bis drei Pferden bespannten Wagen. Es fuhren 6 bis 8 Stück mit großer Blechglocke am Halse der Pferde, fuhren ganze Karawanen bis Pest und Wien. Sie transportierten Wein, Heltauer Tuch, Wolle und oft auch Getreide. Auf dem Rückweg brachten sie Waren, die heute die Bahn transportiert. Bei schlechtem Wetter konnten sie nur Schritt fahren und mussten auf jeder Station füttern, sich an steilen Bergen vorspannen und einen Wagen nach dem anderen hinaufschaffen, wobei so manches Pferd verendete und seine Haut hergeben musste, was die Zigeuner besorgten, besonders bei anhaltendem Regenwetter. Diese Fuhrleute waren mitunter zwei Monate unterwegs. Bevor die Bahn in Siebenbürgen gebaut wurde, waren etwa zehn große Einkehrwirtshäuser in Mühlbach, welche schon ihre Kunden hatten und manches Mal bis auf die Gasse voll gestopft waren und große Rechnungen bezahlten für Heu, Hafer, Speis und Trank. Viele Fuhrleute hielten sich in Mühlbach auch länger auf und brachten schadhafte Fuhrwerke wieder in gebrauchsfähigen Zustand. Unsere Wagner und Schmiede hatten bei dieser Gelegenheit lohnenden Verdienst. Außer den Einkehrhäusern waren die Straßenwirtshäuser, die große Weiden hatten, wo die Fuhrleute im Sommer dann lieber in diese einkehrten und ihre Pferde dort weiden ließen.

Das Sanitätswesen

Unsere so schön gelegene Stadt Mühlbach war bis ca. zum Jahre 1850, was die Pflege der Strassen betrifft, sehr vernachlässigt. Die Hauptstrasse wurde durch Herdengang und das ewige Hin- und Herfahren der großen und kleinen Fuhrwerke teilweise ein Sumpf. Für die Reinigung der Gassen und Wege sorgte überhaupt nur ein starker Regen. Die Bevölkerung betrieb ausgiebig Feldwirtschaft, da der Grund noch zu 70% in sächsischen Händen war. Jeder hatte Vieh, Ochsen, Büffel, Pferde auch Schweine und infolge dieser Viehhaltung sammelte sich auch Dünger zu großen Haufen in den Höfen. Die Häuser waren fast alle ebenerdig, die Höfe geräumig. Die Mätz war zu dieser Zeit teilweise noch an beiden Ufern mit Flechtwerk eingezäumt, damit die Schweine sie nicht zu sehr erweiterten. Die Mätz war Sammelplatz für Schweine, Gänse und Enten. Klares Wasser konnte man nur morgens bei Tagesgrauen zum Waschen von dort holen. Unser Teich setzte allem die Krone auf. Dieser Teich hatte den Zweck, dass die Stadtbevölkerung bei den häufigen Bränden mit ihren schindelgedeckten Häusern und Wirtschaftsgebäuden, sowie Stroh- und Futtervorräten einen ständigen Wasservorrat bei der Hand hätten. Er hatte seinen Zufluss aus der Mätz durch den jetzigen Wellmann und Krafftschen Garten, welche zur Sommerzeit das Wasser für ihre Gärten benutzte und der Teich dadurch keinen Zu- und Abfluss hatte und versumpfte. Hunde- und Katzenkadaver waren die stete Erscheinung an den seichten Ufern. Trotzdem badeten Kinder im Sommer gern in dem stillen, klaren Wasser, das ihnen selten über die Knie ging. Dieser beschriebene Zustand des Teiches dauerte bis ca.1870, dann veranlasste der damalige Forstingenieur Karl Leonhardt, dass dieses Übel beseitigt und mit der Parkanlage entsprechend umgebaut wurde. Die Beseitigung der Fäkalien, nur 300 m von der Peripherie der Stadt entfernt, wurde der Gestank unerträglich im Sommer. Ich wohnte 1862-64 in der Sikulorumgasse, wo es in jedem zweiten Haus Fieberkranke gab. Diese geschilderten Zustände wurden von den städtischen Behörden viele Jahrzehnte so übernommen und wieder an andere übergeben, bis ca.1870 auch auf diesem Gebiet endlich Wandel geschaffen wurde. Bis zu den verbesserten Verhältnissen hatten wir Cholera, Typhus, Pocken und Fieberkranke häufiger. Ich hatte auch fünf pockenkranke Kinder auf einmal. Dr. Karl Krasser hatte 1860 angefangen viel zur Verbesserung beizutragen.

Büffel Foto: Otto Rodamer

Von der Landwirtschaft

Der Hattert (Gemarkung / Flur) war bei uns in eine breite Feldwirtschaft eingeteilt, in einem dieser Teile wurden Getreide, in den andern Mais, Kartoffel und Hanfsamen sowie alles was behackt werden musste, angebaut. Nach diesen folgte die „Brache" als unbebaute Vorbereitungsfläche für die später wie oben genannte Felder. Die „Brache" diente als Weide, bis sie zu der vorgesehenen Bearbeitung drankam. Außer diesen genannten sind noch zu nennender Gißhübel, obere und untere Wiesen, und die so genannten Hansländer und Hosplatzel anschließend an die deutsche Vorstadt. Diese letztgenannten

kleinen Riede waren ausgeschlossen von der Dreifelderwirtschaft (Die Dreifelderwirtschaft war mit einem strengen Flurzwang gekoppelt.) Das Ackerland war in drei Felder geteilt, auf dem in regelmäßigem Wechsel Winter und Sommergetreide angebaut wurde und konnten jedes Jahr mit was immer bebaut werden und unterlagen nicht der Viehweideregelung. Die Büffelherde hatte überall den Vorzug. Ihre Besitzer waren ausschließlich die sächsischen wohlhabenden Bürger, in deren Händen auch der größte Teil des Grundbesitzes war. Zu der Zeit waren noch 70% der Felder in sächsischen Händen. Die Büffel hielt man wegen der fettreichen Milch, es waren an die 200 Stück in Mühlbach. Wenn sie abends vereinzelt, lässig brüllend nach Hause kamen, war die Stadt voll Büffel. Nach den Büffeln folgten die weißen Kühe, denn gefleckte gab es noch keine, die sind erst um die Zeit 1870 importiert worden. Sie begannen die Büffel zu verdrängen. Einige sächsische Bauern bauten nebst Kartoffeln auch Tabak an. Dieser Zweig der damaligen Feldwirtschaft war ein lohnender, denn von 20 Tabakstengeln ernteten sie 1 kg Blätter, wenn er gut ausgewachsen war. Der gute Preis betrug für 1kg 60-70 Kreuzer. Der Tabak wurde bis ca. 1870 auf Wochenmärkten verkauft. Im Jahre 1848-49 wohnte eine Schnupftabakmacherin Namens Dorothea bei meinen Eltern. Diese ziemlich alte Frau lebte vom Kochen in Gasthäusern und Schnupftabak machen. Ich als 12 jähriger Knabe half ihr oft und sie brachte mir dafür so manche Leckerei mit. In der Zeit habe ich mir so manches bei der Herstellung von Schnupftabak abgekuckt Die Tabakreste wurden in Säcken vom Felde gebracht und vollends getrocknet. Dann mit einer Salzmühle ähnlichen Mühle, die ein Mann in Bewegung
setzte, zu Mehl gemahlen. Das Tabakmehl wurde mit etwas Flüssigkeit angefeuchtet, etwas Pottasche und Salmiak dazu

gegeben und zum Braunwerden zugedeckt. Nach ein paar Tagen, wenn das Mehl braun war, wurde es mit Rosen- oder Nelkenöl gut durchgeknetet und in Töpfe eingedrückt.

Stahlstich Mühlbach von Ludwig Rohbock. Stammt aus „Ludwig Rohbock und Johann Hunfalvy, Ungarn und Siebenbürgen in malerischen Original-Ansichten". Bildarchiv Siebenbürgisches Museum Gundelsheim.

Anbau von Wein, Hanf und Weizen.

Nebst den genannten landwirtschaftlichen Produkten war auch der Weinbau lohnend, solange nicht Überproduktion war. Der östlich gelegene Weinberg war sächsisch-deutsch, der südlich gelegene war der rumänische Teil. In meiner Kindheit hörte man überall in den Weinbergen bei der Arbeit deutsche Lieder singen. Den Traubenmost verwendete man auch zum Süßen der Speisen, denn Zucker gab es um eine Zeit nur in der

Apotheke. Die Weinbauarbeiten besorgten größtenteils die Frauen mit ihren Töchtern, besonders die Vorstädter. Die hatten mit ihren großen Höfen und Scheunen und Kellern, die günstigen Bedingungen dazu.

In früheren Zeiten wurde auch viel Hanf angebaut. Das Spinnrad fand man in fast jedem Hause, und es surrte an jedem Abend.

Der Weizen wurde in die dritte Ackerung im Brachfeld breitwürfig gesät, die Ernte wurde mit der Sichel vollzogen. Unsere Zigeuner vom Gißhübel waren gesuchte Schnittler. Meine Eltern hatten im Winzerfeld ein Joch Weizen einer Zigeunerfamilie in Akkord zu schneiden übergeben, für den Preis von 2 Floren 40 Kreuzer 6 Guldenschein, zwei Brote, 1kg Speck und ein Maß Schnaps. Sie entblößten ihren Oberkörper und ließen sich während der Arbeit braten und in zwei Tagen hatten sie ihre Arbeit fertig gemacht und 18 Haufen aufgestellt. Der Weizen wurde mit Ausnahme des „Zehnten" in die Scheune eingebracht. Wer keine Scheune hatte, pachtete sich einen Platz in einer, und zahlte 8-10 Kreuzer per Haufen. Gedroschen wurde mit dem Dreschflegel und dauerte meist den ganzen Winter. Der Dreschlohn war nach Übereinkommen, das 9te oder das 10te Viertel (Ein Viertel ist eine Maßeinheit ab dem Jahr 1876 von 20 Litern, davor 23,1 Litern) nebst dreimaliger Verköstigung und Schnaps.

Ab 1880 baute jeder auf seinem Besitz an, was er wollte. Die Regelungen hatten aufgehört. Die Weide hatte auf der Brache aufgehört, die 3-Felderwirtschaft gehörte der Vergangenheit an. Von dieser Zeit war man sein eigener Herr auf seinem Grundbesitz. Viele unzufriedene fluchten noch eine zeitlang über ungerechte Verteilung. Heute gäbe es eine Revolution, wenn man die früheren Zustände wieder einführen wollte.

Museum Mühlbach Foto: Gerda Lurtz

Die Feuerwehr

Die Feuerwehr bestand bis zum Jahre 1875 aus zusammengelaufenen, ungeschulten Leuten. Jeder schrie und kommandierte aus Kräften, um seine Ansicht kund zu tun. Jede deutsche Nachbarschaft hatte ihre Spritze auf einem vierrädrigen Wagen, an der 10 bis 12 Mann pumpen mussten. Die Spritze hatte keinen Schlauch, der Strahl wirkte unmittelbar auf die Brandstätte. Solche Spritzen konnten natürlich nur auf beschränkte Entfernung wirken, etwa 30 bis 40 Meter. Man konnte auch nicht überall in die Nähe der Brandstätte ankommen. Alle Brunnen in der Nähe eines Brandes waren bald leer, wenn man nicht in der Nähe eines Flusses war. Man hatte eine andere Idee, jedes Haus bekam einen wasserdichten Segeltucheimer von der Stadt aus, um bei Bedarf hundert und mehr in einer Reihe zu einer Wasserstelle aufzustellen, wenn sie in der Nähe war, und dann Eimer von Hand zu Hand gab, die leeren natürlich immer wieder zurück und so fort. Auch langstielige Löschbesen wurden angeschafft, mit diesen wurde das Feuer in der Umgebung der Brandstätten auf den Dächern ausgeschlagen. Alle diese Hilfsmittel kamen bei der Reorganisation der Feuerwehr mit ihren neuen technischen Geräten außer Gebrauch. Die ganze Organisation hatte man dem Forstingenieur Karl Leonhardt zu verdanken.

Die Bruderschaft

Von der Bruderschaft kann ich berichten, dass in meiner Lehrlingszeit auch eine Lehrjungenbruderschaft bestand, die für strengen Kirchenbesuch sorgte. Wer im Laufe des Jahres 10 mal unentschuldigt die Kirche versäumte, durfte nebst den 4 Kreuzer Versäumnistaxe im Fasching nicht auf den Lehrbubenball gehen, der alljährlich am Vorabend des Maria Feiertages gegeben wurde, wobei sich in der Regel auch Lehrmeister samt Familie einfanden und mithalfen, die Ballkosten zu verringern nebst Getränken auch durch Geld. Sie brachten Tänzerinnen mit Ihren Gardedamen in Übermaß mit. Durch die gebotenen Freuden waren die Lehrlinge ihren Lehrmeistern und Meisterinnen gern behilflich, um nicht in letzter Stunde um dies Vergnügen gebracht zu werden. Zu meiner Zeit waren 70

Lehrbuben, darunter auch ein paar Ungarn. Der Herbergsvater war Josef Dahinten in der Rosarum Gasse. Sein Sohn Nachfolger und zugleich der letzte Lehrjungenherbergsvater war Josef Wolff in der Jakobigasse. Im Jahre 1854 wurde die Bruderschaft aufgelöst.

Unter den vier Gesellenbruderschaften, Tschismenmacher (Stiefelmacher), Kürschner, Wagner und Fassbinder, haben sich die Tschismenmacher am längsten erhalten. Nachdem sich durch das neue Zunftgesetz die Zunftgebräuche zu lockern begannen, wirkte sich dieses auf die Bruderschaften aus, weil sie sich nicht mehr an die herkömmlichen Gebräuche halten wollten, diese standen nämlich unter Zunftkontrolle, denn bekanntlich erhält Strafe Ordnung. Da die Zünfte ihre Autonomie verloren hatten, lockerte sich die Disziplin der Bruderschaften. Die Tschismenmacherbruderschaft schleppte sich noch fort bis ca. 1870, als sie sich auflöste, übergab sie ihr Geld von 18 FL. und 40 Kreuzer dem Vorschussverein. Das Sparbuch erhielt die Zunftlade. (eine kunstvoll gearbeitete Zunftlade ist eine Verwahrungstruhe durch Schlösser gesichert) Die Auflösung erfolgte unter meiner Leitung als dem letzten Herbergsvater, nachdem ich noch die vorhandenen Dokumente, als Protokolle und Gesetzbuch, sowie drei kleine zierlich gearbeitete fingerlange Stiefelchen dem damaligen Schuldirektor Johann Wolff für das Schulmuseum übergab, da ich einmal Altgesellstellvertreter war und später von der Zunft aus als Herbergsvater gewählt wurde, welche zugleich die Pflicht hatte, den Zugereisten Unterkunft zu geben, bis sie Arbeit hatten.

Da mir Zweck und Gebräuche der Bruderschaft bekannt sind, möchte ich sie kurz schildern. Die Bruderschaften versammelten sich im Jahr achtmal auf der „Herberge", und zwar alle drei Monate hielten sie ihren „Quartal" und alle sechs Wochen ihr „Zugang" ab. Bei letzterem wurde bloß Veränderungen der Abgereisten oder Zugewanderten festgestellt. Letztere wurden als frische Mitglieder aufgenommen und andere, die gegen das Gesetz gehandelt hatten, bestraft. Am Quartalstag war zugleich Gerichtstag, wo derjenige, der das Gesetz umgangen hatte, mit einer Geldstrafe bestraft wurde, welches dann nach Schluss der Verhandlung vertrunken wurde. Deshalb war auch jeder bemüht, an seinen Kollegen etwas Strafbares zu finden. Zunächst waren es bloß Kirchenversäumnisse, dann, wenn man einen beschwipst oder barfuss sah oder einem fehlte der Knopf an der Kleidung oder sich unmoralisch benommen hatte. Zu diesen Anklagen fanden sich auch gleich Zeugen und wurden von 4 Kreuzer aufwärts bis zu einem halben Wochenlohn bestraft. Der Wochenlohn war im Jahr 1850 40-70 Kreuzer, samt freier Station, auch die Reinigung der Wäsche war dabei eingeschlossen. Die Verhandlungen wurden im Beisein vom Herbergsvater und zwei Zunftmitgliedern als Beisitzer geführt. Die Strafen wurden nicht verbucht, sondern gleich vertrunken.

Die Zunft

Die Tschismenmacherzunft (Stiefelmacher) und ihre Geschichte datieren weit zurück. Diese Zunft war in Mühlbach die Stärkste. Gerber und Schuster waren alle einbegriffen. Wollte ein Tschismenmacher sich hier ansässig machen, so musste er hier ausgelernt haben, oder eine Meistertochter heiraten. Einem anderen wurde es nicht gestattet, Zunftmitglied zu werden. Wenn einer die Bedingungen hatte, drei Jahre in der Fremde zugebracht, oder eine Meistertochter geheiratet, oder hier ausgelernt, musste er das Meisterjahr bei einem ihm zugewiesenem Meister arbeiten und dann 3 Paar Tschismen als Meisterstück vorzeigen. Nach all diesem zahlte er nebst Ehrentrunk 10 Gulden Einrichtungsgebühr und musste noch 2 Jahre Zunftdiener werden. Sein Dienst bestand darin: Die Zunft sowie den Ausschuss zu ihren Sitzungen einzuladen, ebenso bei Sterbefällen eines Angehörigen der Zunft. Als ich im Jahre 1860 Meister wurde, musste ich auch gleich das Zunftdieneramt antreten und bis 1862 dienen. In dieser Zeit begab es sich, dass ein Büffel sich am geflochtenen Meirer-Haus wetzte und es aus dem Winkel schob, so dass die Zunft ein neues Haus für den Besorger des Zunftgartens brauchte. 1894 veranlasste ich, dass der Zunftgarten dem evangelischen Presbyterium überschrieben wurde. Es war zu befürchten, dass, wenn die Zunft aufgelöst würde, das Vermögen von der Regierung streitig gemacht werde. Als weiteres Eigentum der Zunft kam die Tschismenmacher Verkaufshalle in Betracht. Über ihren Ursprung kann ich leider nicht viel berichten. Soviel weiß ich, dass die Laube durch die Zunft in diese Form umgewandelt wurde. Der Boden, auf dem sie gebaut wurde, soll der Stadt gehört haben, bei dem später angezeigten Grundbuch ca. im Jahr 1870 hatte die Zunft bei der frischen Vermessung den Grund auf ihren Namen eintragen lassen, ob mit Recht oder Unrecht, es hat sich niemand darum gekümmert. Heute sind es nun über 40 Jahre, dass die Zunft Eigentümerin des Bodens ist. Also unanfechtbar. Die Verkaufshalle brachte der Zunft alljährlich schöne Einnahmen. Außer dem Wochenmarkt, an dem die Zunftmitglieder die Verkaufshalle selbst benutzten, verpachteten sie den an Fleischbänken angrenzenden Boden an die Fleischhauer (Schlachter) für jährlich 50 Gulden, die Weißbäcker je 5 und die Schwarzbäcker je 2 Gulden jährlich. Auch andere Einnahmen hatte die Zunft. Für Aufdingen und Freisprechen der

Lehrjungen je 4 Gulden Einrichtungsgebühr, von neuen Mitgliedern und Zunftgartenmitgliedern je 20 Gulden. Durch die erwähnten Einnahmen hatte sie bald ein Vermögen von über 300 Gulden, trotzdem sie alljährlich an ihrem Zunfttag ein Festessen gab. Die Steuern und Reparaturen für Umbauten des Zunftgartens wurden abgedeckt sowie die Besoldung des Zunftmeisters mit 10 Gulden. Als unter der einheimischen Bevölkerung die Absicht bestand, in Mühlbach ein Altersasyl zu errichten, trat die Zunft den gründenden Mitgliedern bei, mit dem Betrag von 300 Gulden mit der Bedingung, ihr für ihre Mitglieder drei Plätze zu sichern. Diese Spende wurde vergrößert aus dem Überschuss von mehr als 8000 Gulden, welche nach Abfindung der anteilhabenden Gartenmitglieder und deren Reserve nach dem Kaufpreis von 10000 Gulden, was der Unternehmer des Elektrizitätswerkes zahlte. Der jeweilige Zunftvorsteher hatte noch einen Ausschuss von 6 Mitgliedern nebst Zunftmeister und Stellvertreter, der in der Regel auch Protokollführer war und hatte zugleich auch die Anwartschaft auf die Zunftmeisterstelle, wenn ihm seine Wohnung es erlaubte, die Zunft zu beherbergen. Der Rang der Zunftmitglieder wurde bestimmt durch den Eintritt in die Zunft und war maßgebend auch für den Stellenrang auf den Jahrmärkten mit ihren Verkaufsbuden und in der Verkaufshalle, so wie in der Kirche. Die ältesten Mitglieder hatten das Recht, im „krummen" Gestühl zu sitzen, nach einer Abfindung von 2 Gulden, die in die Zunftlade einflossen für Wachsstöcke. Während meines sechsjährigen Zunftvorsteheramtes sind fast alle Gebräuche verschwunden. Trotz neuem Gesetz von 1859 war man bestrebt in der Zunft keine Fremdnationen aufzunehmen, weder Lehrjungen noch Meister, bis man meinem Nachfolger Josef Groß eine Geldbuße auferlegte und so dafür sorgte, dass auch andere Nationen aufgenommen wurden. Dies geschah unter dem damaligen Stadthauptmann Piso. Ich war somit der letzte Zunftmeister einer rein sächsischen Zunft gewesen. Ich unterhielt mich mit dem Stadtpfarrer Heitz und dem Ausschuss des Bürgervereins, weil ich befürchtete das Zunftvermögen durch die damalige Regierung zu verlieren. Ich ging daran, meine Gedanken zur Rettung des Vermögens in einem Referat zusammenzufassen und es dem Stadtpfarrer vorzulegen. Der war hoch erfreut und schlug vor, zu prüfen, ob nichts Gesetzeswidriges dabei war. Mein Vorschlag wurde vom Bürgermeister Konrad, Fritschkal Krasser, Obernotar Teutsch, Stadtpfarrer Heitz, und einigen Zunftmitgliedern angenommen. Es beinhaltete: die Tschismenmacherzunft schenkt den Garten dem evangelischen Presbyterium als Verwaltungsbehörde zur freien Verfügung des zu erbauenden Altersheimes. Seit dem Jahr 1880 hat die Zunft mit ihren Vorstehern keine Bedeutung mehr, weil sie kein Vermögen besitzt und keine Einnahmen mehr hat. Die Tschismenmacherzunft verfügt nur noch über Einrichtungsgebühren von denjenigen, die sich wegen Rangordnung an die Zunft anschließen wollen.

Einige der Zunftvorsteher aus Mühlbach:

Martin Stefani, Josef Dahinten, Daniel Zollner, Mathias Melker, Heinrich Krieger, Andreas Fritsch, Samuel Schoppelt, Heinrich Hienz, Josef Schoppelt, Josef Groß, Daniel Hienz, Julius Reimer, Simon Wegmet. Alle die genannten mussten auch ein geeignetes Lokal haben und wurden mit großer Feierlichkeit in das Amt eingesetzt, was im Fasching geschah, wo die Zunftlade oft mit Musik begleitet wurde.

Die Nachbarschaften

Die Deutsche Bevölkerung der Stadt Mühlbach war in früheren Zeiten in 6 ungleiche Teile nach Gassen eingeteilt. Vier in der Innenstadt, drei außerhalb, die deutsche Vorstadt genannt. Diese Teile waren die Nachbarschaften. Jede Nachbarschaft hatte ihren „Vorsteher" Nachbarhann genannt. Diese genannten unterstanden dem jeweiligen Stadthauptmann, von dem sie mit Anordnungen und Befehle in der Nachbarschaft durchführen mussten und hatten bis zu einem Gewissen Grad exklusive Gewalt und waren Vertrauensmänner mit Wohnräumlichkeiten, in denen sie sie auch bei Anlässen der Nachbarschaftsversammlungen unterbringen konnten. Jede Nachbarschaft besaß ein Grundstück, welches der jeweilige Nachbarhann als Entlohnung für seine Tätigkeit benutzen durfte. Ich will nur einige Pflichten der Nachbarn auch aus früheren Zeiten anführen: Die Nachbarn mussten auf Befehl des Nachbarhann viermal ausrücken, um die Feuerspritzen zu probieren, ob sie im Notfall bei Feuer nicht versagten. Dieses geschah quartalsmäßig. Dann wurde jedem Hausbesitzer zur Pflicht gemacht, seinen ihm zugewiesenen Teil zu reinigen. Auch wurden Dienste auf Straßen und Feldwegen von Nachbarn verlangt, so wie das Kehren auf den Gassen, die Toten der Nachbarschaftsangehörigen zum Friedhof zu tragen. Die Stadt- und Polizeiverordnungen wurden mit dem Nachbarschaftstäfelchen von einem Nachbarn zum andern befördert, und nach der Runde wieder zu dem Nachbarhann, von wo sie ausgegangen waren. All diese Leistungen mussten geleistet werden, sonst drohte Strafe. Diese Strafen wurden notiert und am Nachbartag im Fasching als „Richttag" bei der Einladung vom Nachbarbürger auch eingebracht. Diese Versäumnisstrafen wurden immer vertrunken. Nach beendigten Nachbarschaftsverhandlungen gab es immer ein Festessen, wo auch viel Wein getrunken wurde. Jeder Bewohner der Stadt musste in seine Nachbarschaft eintreten, sonst durfte er in seiner Wohnung kein Feuer machen. Die Einrichtungsgebühr betrug 70 Kreuzer. Die Frauen als Hausbesitzerinnen zahlten als Dienstablösung 40 Kreuzer, die Einwohnerin die Hälfte. Jede Nachbarschaft hatte ihre eigenen Feuerspritzen und die dazugehörigen Wasserfässer auf vier Wägen, sowie zwei hohe Leitern und zwei lange kräftige Stangen mit Haken zum Einreißen der halbverbrannten Dachstühle oder Balken. Für alle Feuerwehrgeräte hatte jede Nachbarschaft ihren Schopfen (Schuppen) zur Aufbewahrung. Die städtischen Nachbarschaften hatten ihre eigenen Brunnen mit Schwengel, diese wurden alljährlich durch die Nachbarn gereinigt.

Der erste Kaffee

Zum Thema Kaffee will ich noch eine heitere Erinnerung aufschreiben. Es war im Jahr 1842, als ich fünf Jahre alt war und mein zwei Jahre älterer Bruder sein erstes ABC-Buch bekam, daher weiß ich das Jahr noch so genau, hatte die Jakobiner Nachbarschaft ihren Nachbartag im Fasching wie gewöhnlich auch ein Festessen. Dieses mal aber mit etwas Außergewöhnlichem. Es war der erste Kaffee, den sie probieren wollten, und zwar beim Nachbarhann Michael Ungart in der Entengasse. Bei diesem Anlass wurde meine Mutter als junge Frau zu Hilfeleistungen gebeten. Die damals zum ersten Mal in Mühlbach im Handel erschienen Kaffeebohnen in Ermangelung einer Kaffeemühle im Mörser gestoßen und im Topf gekocht und mit Büffelmilch und Zucker angerichtet wurden. In kleinen Schüsselchen in gewissen Abständen wurde er serviert, dazu weiches Brot, Messer, Gabel alles zum Tunken hergerichtet. Meine Mutter brachte in kleinen Töpfchen uns Kindern auch von dem herrlichen Trunk etwas nach Hause. Von Ihr weiß ich den Anfang des Kaffeegenusses. Heute finde ich den Vorgang für die damalige Zeit begreiflich, denn woher sollten etwa vierzig Personen so viele Gläser nehmen? In keinem bürgerlichen Haus waren selten mehr als ein Becher, und im Wirtshaus wurde auch nicht mehr als einer für eine Gesellschaft zum Wein hingestellt, aus dem sie der Reihe nach genüsslich tranken. Kaffeeschalen gab es keine. Meist waren auch noch hölzerne Löffel in gebrauch, aber recht nett und zierlich gearbeitet. Als mein Vater einmal sechs Löffel vom Jahrmarkt von einem Zinngießer gekauft hatte, wollten wir Kinder alle mit den „Silbernen Löffel" essen, bis sie dann schließlich blau und verbogen wieder ihren Wert verloren.

Vereine

Im Jahr 1869 wurde der Spar- und Vorschußverein gegründet. Bisher konnten nur die erwähnten Zünfte, Bruderschaften und Nachbarschaften als gezwungene Vereine in Betracht kommen. In den Jahren 1870 bis 1880 entstand die Feuerwehr, Bürger- und Gewerbeverein, Musikverein, 1885 der Beerdigungsverein, im Jahre 1890 der Landwirtschaftsverein, Jugendbund, Frauenverein, Karpatenverein, und vielleicht auch noch andere. Alle diese Vereine hatten den Zweck das zu erreichen, was der Einzelne nicht erreichen konnte. Ich erinnere mich an den Spar- und Vorschußverein, als ich aufgefordert wurde, beizutreten. Auch heute noch als einziges noch lebendes Mitglied seit der Gründung weiß ich seine Tätigkeit und Erfolge zu würdigen, zumal da ich in letzter Zeit, bis zu seiner

Umwandlung in eine Aktiengesellschaft, elf Jahre hindurch Mitglied des Direktionsrates war. Als der Verein in den ersten fünf Jahren bei einem Wechselgeschäft mehr als 1000 Gulden verlor (bei Greter, Heidendorf), ließen sich gleich mehrere Mitglieder streichen: Dr. Krasser, Karl Weber und andere, denn neben der Einlage von 60 Gulden haftete jedes Mitglied noch mit seinem unbeweglichen Vermögen. Kein Wunder daher, wenn einige bei diesem Unternehmen allzu große Vorsicht gebrauchten. Gottlob, der Verein hatte die Kinderkrankheiten bald überwunden und bis heute viel Segen gestiftet und den Wucherern das Handwerk gelegt, welche den bedrängten Mitbürgern 20% und mehr abnahmen. So Gott will, wird er noch lange zum Wohle der Not leidenden Menschen mit bescheidenen Prozenten an die Hand gehen. 1875 wurde in der rumänischen Vorstadt die Feuerwehr gegründet. Bald darauf trat der Bürger- und Gewerbeverein ins Leben. Seiner Tätigkeit verdankt die Stadt die Erbauung der Straße Mühlbach–Alvinz, sowie auch das Sägewerk. Im Jahre 1885 ging aus dem Bürgerverein der erste Beerdigungsverein hervor. Diese Gründung wurde schon zehn Jahre früher besprochen, es wurden mehrere Sitzungen unter dem Alterspräsidenten Ingenieur Paulas abgehalten, ohne Resultat. Diese Angelegenheit wurde dann dem Stadtpfarrer Manksch übergeben, um Vorschläge zu machen, jedoch vergebens. Nach zwei Jahren übergab er diese Arbeit an den Bürger und Gewerbeverein, dieser seinem Ausschuss und dieser wiederum einer Dreierkommission. Die Kommission bestand aus dem Vorstand Friedrich von Bömches, Senator Konrad und meine Wenigkeit mit meinem Antrag zu der Angelegenheit. Bei der zweiten Sitzung wurde mein Antrag angenommen, der auf eine Ausarbeitung von dem Stadtpfarrer Reener aus dem Jahre 1860 basierte, und mir noch bekannt war. Der nächste segensbringende Verein war der landwirtschaftliche. Der große Verdienst um ihn gebührt Dr. Karl Krasser, er hatte auch die ersten modernen landwirtschaftlichen Geräte sowie auch Schweizer Kühe importiert. Herr Zikeli und ich gingen für die Idee dieses Vereins werben und fanden bald etliche zwanzig Mitglieder, konstituierten uns, wählten Dr. Krasser zum Obmann. Dieser dankte bald aus Zeitmangel ab und es folgte Ludwig Simonis, unter dem die erste Dreschmaschine gekauft wurde. Weitere Obmänner waren Kraft, Fleischer, Gasser, Julius Binder. Ich war auch in diesem Verein seit seiner Gründung bis zu meinem 82. Lebensjahr als Ausschussmitglied tätig.

Freizeit außerhalb von Vereinen

Außer den gezwungenen Vereinigungen, die erwähnt wurden als Nachbarschaft, Zunft, Bruderschaft, gab es noch die freien Gesellschaftlichen Zusammenkünfte in den Volksgärten. Der erste, an den ich mich erinnern kann, um ca. 1840, war in der Altgasse unten westlich am Mühlbach, wo auch eine Brauerei stand. Ich erinnere mich, mit meinen Eltern am Pfingstag den Garten besucht zu haben. Meine Eltern hatten Striezel mitgenommen und gaben uns Kindern Bier zum kosten. Dieser Volksgarten mag nicht lange bestanden haben und mit der Bierbrauerei zugleich eingegangen sein. Neben dem billigem Wein konnte die Brauerei nicht bestehen. Der zweite Volksgarten entstand darauf im Tivoligarten, ungleich günstiger gelegen, vom Marktplatz durch das Petersdorfer Gässchen ging man geradeaus über den Fahrweg in den Garten. Dieser Garten bot für alt und jung, reich und arm hinreichende Zerstreuung und Unterhaltung. Vom ziemlich hohen Damm hatte man einen schönen Überblick über den ganzen Garten. An beiden Seiten des Dammes befanden sich Kegelbahnen, und man hörte das Kegelschieben weit und breit. Auf schönen Kieswegen lustwandelten die Erwachsenen, die Kinder spielten, jeder kam auf seine Rechnung. Der Garten gehörte dem Herrn Michael Olert. Es kaufte diesen Garten Fr. v. Bömches Forstrat, und verkaufte ihn nach Jahren, wo er dann in Parzellen aufgeteilt wurde. Der dritte Volksgarten entstand Ende 1850 in den oberen Erlen, beim Eisenhammer. Dieser war zwar etwas entfernt von der Stadt, dafür übertraf er in mancher Beziehung den vorerwähnten. Es war auch das Hammerwerk noch in Betrieb. Über dem Bachbett, unterhalb vom Hammerwerk war ein größerer Schopfen (Schuppen) als Brücke, und zugleich auch Tanzboden umgeben von einem Zuschauerraum. Beim Eingang waren Bänke für das Publikum und für die Musikanten. Hier konnte die Jugend bei billigem Trinkgeld an die Zigeunermusik tanzen. Die Zustände verdienten mit Recht den Ausdruck, „die gute alte Zeit". Ferner war für Bürger eine Kegelbahn unweit vom Tanzboden, sowie die große Schmiede mit ihren zwei großen Hämmern und Gebläse, sowie der zentnerschwere Schleifstein, alles mit Wasserkraft betrieben und was man besichtigen durfte. Aus diesem umplankten Garten, wo schöne Blumenbeete waren, ging man durch eine Tür auf städtischen Grund, wo jetzt das Holzmagazin ist und auch viele Erlen stehen. Da war auch eine große Schaukel für vier Personen eingerichtet, wo man sich für einen Kreuzer eine viertel Stunde schaukeln konnte. Dieses kleine Paradies unterlag aber auch bald der zerstörenden Zeit. Herr Josef Walkpadi verkaufte diese schönen Anlagen dem Herrn Michael Fleischer, der das Hammerwerk von zwei auf vier Hämmer vergrößerte und für die vergrößerte Hammerschmiede Magazine und Schuppen baute. Eine Zeitlang war Rumänien sein Absatzgebiet mit seinen landwirtschaftlichen Erzeugnissen, bis dann das Elektrizitätswerk auch Fleischers Nachfolger Louis Meise ablöste. Damit war das Schöne verschwunden. Beliebt waren die Tanzveranstaltungen im Fasching.

Mühlbach, Marktplatz mit evangelischer Stadtpfarrkirche
Stahlstich von Ludwig Rohbock, 1863, Bildarchiv Konrad Klein

Von der Kirche

Die Kirche begann um halb zehn und die Vesper um zwei Uhr. In der jüngsten vergangenen Zeit wurde bei der letzten Kirchenverbesserung, wo auch die Gesangbücher einer Revision unterlagen und eine Erneuerung erfuhren, der Beginn des Gottesdienstes auf zehn Uhr festgelegt. Die Vesper wurde im

Sommer abgeschafft und vom Herbst bis Frühjahr um abends sechs Uhr abgehalten. Die Vesper war fast immer schlecht besucht. Ich erinnere mich an eine Periode, wo der damalige Kellinger Pfarrer Olert hier in seiner Vaterstadt an zehn nacheinander folgenden Sonntagen die zehn Gebote als Text seiner Predigten wählte und zu diesen gut besuchte Vespern fand. Ölert hatte gewaltige Ausdrücke in seinen Predigten, unter anderem sagte er: „Vorbei vor Kirche und Schulhaus, führt der Weg ins Zuchthaus", weiter "Wer Vormittag nicht dem Gott dient, der dient Nachmittag gewiss dem Teufel"

Evangelische Kirche in Mühlbach
Foto: Hans Daniel

Zu den kirchlichen Handlungen gehörten auch die Taufen am Taufstein. Ausnahmen waren nur die Nottaufen, wo das Kind nicht lebensfähig schien und der Geistliche ins Haus gerufen wurde. Der erste Gang der Wöchnerin war zur Kirche, in Begleitung der Hebamme, wo sie in Anwesenheit des Geistlichen vor dem Taufstein Gott für ihre Genesung dankte, und vom Geistlichen an ihre Mutterpflichten erinnert wurde. Die Hochzeiten wurden auch früher vor dem Altar festlich begangen. Bei Wohlhabenden wurde der Bräutigam und auch mancher Gast beim heraustreten aus der Kirchentür der Weg erst freigegeben, wenn die auf Almosen wartenden Schulkinder, ein paar Hände voll Kupfergeld zugeworfen bekamen. Später wurde dieser Brauch vom Schuldirektor verboten.

Beerdigungen

Die Beerdigung eines Bürgers oder Bürgerin wurde unter zahlreicher Teilnahme vollzogen, waren Nachbarschaften und Zünfte bei Strafe dazu verpflichtet. Die wohlhabenden Erben verlangten noch mehr. Die Schulklassen, außer den zwei ersten Klassen, mussten mit den Lehrern den Leichenzug mit Gesang begleiten. Alle wurden verständigt, das Gesangbuch mitzunehmen, und unterwegs wurde ein Totenlied gesungen, gewöhnlich das Lied „meines Lebens Zeit verstreicht". Die Schüler allein waren hundert und gingen zwei zu zwei vor den Totengräbern, die Lehrer bei ihren Klassen als Stimmführer. Auf dem Friedhof bildeten die Kinder ein Spalier, bis der Leichenzug vorüber war. Für die Teilnahme erhielt jedes Kind ein Silberstück von drei Kreuzer, bei manchem Begräbnis sogar ein Silberfünferl. Am Abschluss bei jedem Begräbnis

hielt der dazu bestellte so genannte Leichenvater eine ziemlich
schablonen- mäßige Dankesrede für die Teilnahme am Begräbnis und zwar an der Friedhofstür. Dieser Redner schloss
sich dann den Leichentragenden an beim Gang zum Tränen-
brot.

Erinnerungen an die Strafen für Vergehen

Unter den verschiedenen Erinnerungen aus meiner frühen
Kindheit kann ich berichten, dass die strafbaren Handlungen
sehr stark bestraft wurden. Nebst Arrest waren es Stockstreiche. Den für längere Zeit Verurteilten, wurden 60 cm lange,
etwa 4 Kilo schwere Ketten von einem Fuß zum andern ange-
schmiedet, die der Arrestant durch seine ganze Zeit der Verhaf-
tung tragen musste. Die Menschen bedienten sich dieser armen
Verbrecher zum Wasserholen vom Bach im Winter sowie zum
Holzspalten. Im Frühjahr hörte man in Gärten die Ketten ra-
scheln, wenn diese Leute dort arbeiteten. Ich hatte als Kind die
Gelegenheit durch die Planken zuzusehen, wie die Arrestanten
dem Oberstuhlrichter von Weltern den ziemlich großen Garten
im Marienburger Gässchen den Sommer über bearbeiteten.
Auch wurden diese Arrestanten zu städtischen Arbeiten zuge-
zogen, bei Pflasterungen und Reinigung der Strassen, immer
natürlich unter Aufsicht. Arrestanten, die wegen Diebstahl und
anderem eingesperrt wurden, erhielten ein oder zweimal je
fünfundzwanzig Stockhiebe, je nachdem ob seine Gefängnis-
dauer kürzer oder länger war. Diese Stockhiebe erhielten sie
unter dem alten, ziemlich langen und dunklen Rathaustor, wo
rechts und links sich die Arrestzellen befanden, die fast immer
besetzt waren. Unter diesem Tor befand sich auch die so genannte Schwitzbank. Diese hatte vier Säulen, zwei gegenüber-

stehende am Kopfende und zwei über den Kniekehlen. Die wurden dann durch zwei Riegel über dem liegenden Körper abgesperrt, so dass er sich nicht rühren konnte, bis die Strafe vollzogen war, und der Polizist, der die Hiebe zählte, den Sträfling ausspannen ließ. Der die Hiebe austeilte, hieß man Schaffand. Diese Bestrafung wurde immer Samstag ausgeführt. Wenn die Kinder um zehn Uhr aus der Schule kamen, trieb die Neugier sie immer zum Rathaus, um zu hören, ob nicht einer unter den Hieben schrie und jammerte. Am Anfang der 40er Jahre (1840) konnte man sehen, wie man drei Raubmörder am Galgen aufgehängt hatte. Diese Handlung wurde unter ungeheuer vielen Zuschauern, unter Militäranwesenheit vollzogen. Diese Straftäter sollen fürchterliche Gräueltaten unter ihren Mitbürger verübt haben.

Straßenbeleuchtung

Die Straßenbeleuchtung in meiner Kindheit war geradezu trostlos. Die großen Glaslaternen, die sich nur auf die Verkehrsstrassen beschränkten, bargen in sich einen irdenen Tiegel, der mit geschmolzenem Unschlitt (tierisches Fett) gefüllt war mit einem Docht, der nach dem Anzünden glimmte, so dass man sich orientieren konnte. So fehlten auch in keinem Hause die Handlaternen mit einem Kerzenstumpf, wenn man auch nur zum Nachbarn ging. Es war auch polizeilich verboten, ohne Laterne bei dunklem Wetter auszugehen. Wurde eine Magd oder Knecht vom Nachtwächter, welcher im Winter schon um 8 Uhr seinen Dienst antrat, ohne Laterne auf der Gasse gesehen, so wurden sie festgenommen, sowie andere herumstreichende, als unlegitimierte ohne Laterne. Aus diesem Grund ist es erklärlich, dass es den Glasern, deren Mühlbach

53

auch einige hatte (Weidlinger), sehr gut ging. Ich erinnere mich noch als ich mit einer Fensterreparatur zu Weidlinger ging, er die Arbeit kaum bewältigen konnte. Im Sommer wurden Vorräte an Laternen in allen Größen bis zu 80 cm Höhe gemacht. Alles in Holz und Blei, den Kitt kannte man noch nicht. Mit diesen Vorräten fuhren sie auf Jahrmärkte und fanden reichen Absatz. Es gab noch keine Hausierer und es konnte auch nicht, wie heute, jeder Kaufmann oder Tischler verglasen.

Das Geld in der Zeit

Das Geld bestand in meiner Kindheit in klingenden Münzen, wohl mag es auch große Banknoten gegeben haben, aber vor der Revolution 1848/49 habe ich kein Papiergeld gesehen, nur Kupfer, Silber und Gold. Viel Geld wurde in Beuteln und Säckchen untergebracht. Das Geld war unbequem aber verlässlich. Erst während und nach der Revolution tauchte das papierene Zeitalter auf. Es gab österreichisches und ungarisches Papiergeld bis auf zehn Kreuzer. Das österreichische behauptete sich dann schließlich, und das andere wurde verbrannt, wodurch viele große Schäden erlitten. Bis 1867 war ein reger Handel mit Rumänien. Meine Eltern kauften ein gemästetes Schwein für 17 Gulden von einem Schweinehändler aus Rumänien. Diese Händler zogen von Ort zu Ort zu Fuß mit ihren Herden, bis sie alle Schweine verkauft hatten. Sie gaben sie aber nur für Gold und Silbermünzen ab. Auch Rind und Schafherden wurden so nach Siebenbürgen gebracht, und wir kauften 1Kg Rindfleisch für 16 bis 24 Kreuzer. Das Rohmaterial Wolle und Häute waren spottbillig bis 1867, als die Zölle erhöht wurden und sich alles verteuerte. Bis zu diesem Zeitpunkt waren auch die Handwerker besser dran, denn sie lieferten ihre Erzeugnisse vielfach nach Rumänien, hauptsächlich die Tschismenmacher (Stiefelmacher), Kürschner und Riemer.

Kaserne in Mühlbach

Inmitten des großen Platzes hatte Mühlbach eine Kaserne, wo sich die Schildwache beim Auf- und Abschreiten gewiss nicht gelangweilt haben mag, weil sie den Verkehr vor Augen hatte. Die ganze Anlage diente wenig zur Verschönerung der Stadt bei. Diese Kaserne wurde dann an Franz Binder, der aus Afrika in seine Vaterstadt zurückkehrte, verkauft. Binder ließ die Kaserne abtragen und ein modernes Haus bauen. Sein unruhiges Temperament gab ihm keine Ruhe, er hasste die Untätigkeit. Er verkaufte das neue schöne Haus an Johann Ohnitz. Das Militär wurde ca. im Jahr 1870 verlegt, bis dieses neu erbaut wurde, dann wurden alle, bis das Regiment aufgelöst wurde, in Privathäuser untergebracht. Das Regiment bestand hauptsächlich aus Polen und hieß „Beanki Regiment". Etliche aus diesem Regiment blieben nach ihrer Dienstentlassung dauernd in Mühlbach.

Viehmärkte

Ganz besonders großartig war der Augustviehmarkt, der fast 14 Tage ununterbrochen dauerte. Zuerst kamen drei Tage das kleine Gebirgsvieh an die Reihe, nachher kam ebenso lange der Schafmarkt und dann schloss sich der Schweinemarkt, Pferde- und Rindviehmarkt an. Unter diesen genannten verdient der „Pferdemarkt" hervorgehoben zu werden. Von der Pojana kamen ganze Herden von jungen Pferden, auf denen noch kein

Striegel noch Hufeisen war. Als Käufer dieser halbwilden Pferde kamen die Banater Schwaben in Betracht. Wollte ein Käufer sich ein Pferd genauer ansehen, so musste es mit der Schlinge eingefangen werden. Von diesen Pferden wurden jährlich mehr als hundert ins Banat verkauft. Außer den Banater besuchten unseren Viehmarkt Käufer aus dem ganzen Land.

Maße und Gewichte in der alten Zeit

Die meisten Leute in früherer Zeit waren durchaus nicht reell beim Kauf und Verkauf von Waren. Beim Hohlmaß war für Getreide das „Vierl" (Viertel), das war die Einheit, das dem Viertel eines Kübels entsprach, welcher etwa unserem Hektoliter (100 Liter) entsprach. Ein Viertel entspricht somit ab 1876 20 Liter, bis 1876 23,1 l. Dieses Viertel war oben schmal und unten breit und wurde hauptsächlich von den Saschorer Fassbindern gemacht, welches man sich selbst einrichtete, wenn man etwas zu verkaufen hatte. Wollte man etwas kaufen, bestellte man es größer. So ging es auch mit dem Eimer. Fast jeder Wirt besaß zweierlei Maß. Eimer zum kaufen und andere um zu verkaufen. Mit Gewichten ging es ebenso, am Wochenmarkt fand man selten ein Metallgewicht. Dic Käse und Butterverkäufer wogen mit einem runden Stein und versicherten, er sei genau ein Pfund schwer. Mit dem Längenmaß ging es nicht anders. Die „Elle" nahm man als Basis von der Fingerspitze bis zum Ellenbogen, ob einer längere Hände oder kleinere hatte, es war die Basis. Ca 1871 wurde auch auf diesem Gebiet ein Wandel eingeleitet.

Foto: O. Rodamer

Meine Erinnerungen als 12 jähriger an die Revolution 1848-1849

Es war eine aufregende Zeit. Nicht nur dass alle Bürger bis zum fünfzigsten Jahr zur Bürgergarde gerufen wurden, auch die Schuljugend musste von der dritten Klasse aufwärts drau-ßen am Viehmarkt dreimal in der Woche exerzieren. Jeder hatte ein Holzgewehr, schwarz gestrichen, vom damaligen Wagner Josef Bresner gefertigt. Der damalige Finanzrat Josef Marlin war unser Inspektor. Die Herren Lederhilger, Acker, Pfleps, Fabritius und andere waren unsere Offiziere. Die Bür-gergarde musste an drei Nachmittagen wöchentlich ausrücken, sie wurden in zwei Kompanien eingeteilt. Die erste hatte den erwähnten Herrn Marlin als Hauptmann. Sie mussten auf „Scheibenschießen" gehen. Das Gewehr war lang und schwer mit einem eisernen Ladestock und Feuerstein. Das Gewehr ging nicht immer gleich los, besonders bei feuchtem Wetter oder einem etwas abgenutzten Feuerstein. Man nahm das Ge-wehr unter den linken Arm, klappte die Zündschnur auf, nahm eine Patrone, riss mit den Zähnen das umschlagende Papier ab, schüttete etwas Pulver in die Zündpfanne, klappte sie zu, stellte das Gewehr bei Fuß, steckte die Patrone in den Lauf, dann ein wuchtiger Stoß mit dem Ladestock und dann war das Gewehr geladen und schussbereit. Im Jahre 1848 wurde auch das Jägerbataillon aus freiwilligen sächsischen jungen Leuten aufgestellt. Zu der Zeit trafen von der Schlacht bei Hermannstadt (1849) 200 Verwundete vom Feind Honved in Mühlbach ein. Die Verwundeten wurden in dem unbewohnten Sonnensteinschen Haus untergebracht. Dieser Umstand veranlasste schleunige Beratung zwischen den Kommandanten und dem pensionierten Oberstleutnant Bartels, letzterer soll gesagt haben, man müsse den Feind (Ungaren) angreifen, wo man Gelegenheit dazu hätte. Es wurde ein berittener Kurier nach Karlsburg geschickt, mit der Bitte um Verstärkung, damit der zu erwartende stärkere Feind hier empfangen werde. Eine Batterie Artillerie und drei Kompanien Infanterie nebst Bürgergarde und dem Landsturm standen bereit. Auch zwei Kompanien kroatischer Grenzer und eine Kompanie Jäger. Als der Feind mit 1200 Mann anrückte, verstummte bald nach kurzem Kampf das Gewehr und Artilleriefeuer unsererseits und alles floh. Die Zivilisten meist auf den Roten Berg und einige nach Reschiza. Militär und Bürgergarde und auch Zivilisten nach Karlsburg in die Festung, von wo sie dann allmählich, als der Feind Mühlbach verlassen hatte, zurückkehrten. Bevor dieses geschah, hatte unsere Bürgergarde zusammen mit dem rumänischen Landsturm die 200 Ungaren angegriffen, man sprach von mehr als 20 toten Feinden. Doch dieser Überfall sollte schwere Folgen für die Stadt haben. General Böhm befahl zur Strafe die Niederbrennung der Stadt. Darauf brannte es auch bald an drei Orten, auf dem Marktplatz, am unteren Tor und in der Griechengasse. In dieser kritischen Lage in der sich unsere Stadt befand, begab sich eine Delegation zu General Böhm und bat um Schonung. Die Bitte hatte Erfolg und das Feuer wurde vom Feind wieder überall gelöscht. Ausgegangen war die Bitte um Schonung von Michael Wellmann, ehemaliger Pfarrer in Reichenau. Aus diesem Anlass ist sein Bildnis über der Sakristeitür in der evangelischen Kirche. Er wurde unterstützt von Herrn Dinbar und der Baronin Szentpaly. Die gefallenen Ungarn wurden in einem Massengrab auf dem katholischen Friedhof begraben. Nach einem halben Jahrhundert wurde den Gefallenen ein Denkmal gesetzt. Das eigentliche Grab befindet sich aber etwa 20 Meter nördlich vom Denkmal. Der übereilte Angriff, der fast die Niederbrennung von Mühlbach verursacht hatte, blieb nicht ungerächt. Die zwei ersten Schnittwarenhändler der Stadt, Josef Schmidt und Josef Dahinten, wurden total ausgeraubt. Alle bunten Tücher und Bänder wurden auf die Mützen der ungarischen Besatzungssoldaten und ihre Pferde gehangen. In diesen zwei Tagen der Belagerung lebten sie in Saus und Braus, verschleppten den Wein, das geselchte Fleisch, Speck und Mehl und was sie sonst noch so fanden. Meine Eltern konnten nicht, wie viele, aus Mühlbach flüchten, da mein Vater eine Wunde am Fuß hatte. Als nachts Soldaten in unser beleuchtetes Zimmer kamen, da dachten wir für uns hätte bald das letzte Stündchen geschlagen. Als sie uns Essen verlangten, und meine Mutter ihnen Kraut und geselchtes Fleisch auftischte, welches sie schon aus Vorsicht für diesen Zweck bereitgestellt hatte, waren es die unschädlichsten Menschen. Sie wollten auch Schuhwerk kaufen für ihre Kameraden. Die Eltern trauten den schönen Worten nicht und sagten, sie wären nur Flickschuster und könnten ihnen nicht dienen. Sie waren für das Nachtmahl dankbar und traten ihren Dienst an. Wir hatten noch des Öfteren große Durchmärsche in Mühlbach, bald wurde die schwarz-gelbe, bald die ungarische Fahne am Kirchturm gehisst. Jedes mal kostete es der Stadt große

Opfer. Die Nachbarhannin musste dem Feind oft von jedem Einwohner ein Hausbrot und ca. 500 g Speck liefern.

Der Sammelplatz war die evangelische Kirche, um den Taufstein herum wurde das Brot niedergelegt, der Speck dagegen in der Sakristei. Auch Proviant wurde requiriert. Wer selbst nichts mehr hatte, kaufte mit hohen Zinsen, denn geben musste jeder.

Taufstein in der evangelischen Kirche Foto: Hans Daniel

Als dann im Juni die Festung Karlsburg von den Ungarn belagert wurde, wurden in Mühlbach Spitäler errichtet. Das Essen für das Lager mussten die Bürger kochen. Jedes Haus bekam in der Frühe 2,5 bis 5 kg Fleisch zum kochen, es wurden nur die Hausnummern bei der Übergabe notiert. Die Zutaten musste man selber besorgen und um 11 Uhr musste das Essen auch selber ins Lager gebracht werden. Dieses hörte an dem Sonntag auf, wo man nach Erhalt von dem Fleisch, morgens schon Kanonendonner hörte, und eine große Bewegung unter den Ungarn herrschte. Das Fleisch verzehrten sie nicht mehr, denn die Russen waren um 9 Uhr schon in der Stadt.

In Marosch wurde eine große Schusterwerkstatt eingerichtet. Von Mühlbach mussten ein Monat lang die eine Hälfte der Tschismenzunft, und nachher die andere Hälfte in dieser Werkstatt arbeiten für die Besatzungsmannschaft der Karlsburger Festung. Mein Vater war auch zwangsweise davon betroffen, und bekam seine Löhnung, Brot und Fleisch. Das Gemüse und die Zutaten zum Fleisch trug ich mit meinem älteren Bruder einmal hinüber. Ein andermal schickte die Mutter mit anderen Leuten etwas mit. Dieser Umstand dauerte bis 10. August 1849, als die Festung mit Hilfe der Russen befreit wurde. Von den 80000 Russen, die nach Siebenbürgen zur Hilfe kamen, kam auch eine Armee gemischt mit österreichischem Militär nach Mühlbach, wo sie in einem mehrstündigen Kampf die Ungarn in die Flucht schlugen. Zum zweiten Mal flogen Kanonenkugeln in und über die Stadt. Wir waren etliche Kinder, die den Krieg aus nächster Nähe ansahen. Bis zur Egerbrücke auf der Landstrasse gingen wir, wo wir sahen, wie unweit von uns eine Kanonenkugel einem Offizier das Pferd durch den Bauch schoss und es zusammenbrach, da erst nahmen wir Reißaus bis in die Stadt. Die ersten, die durch die Stadt den fliehenden Ungarn folgten, waren die Kosaken, nachdem ihnen einige Bürger das zugemachte starke, aus Eichenbohlen gemachte Stadttor geöffnet hatten. Die Kompanie der Hoved Reserve wurde etwa vor der Mätzischen Apotheke gefangen genommen. Von den Österreichern war eine Reiterabteilung böhmischer Reiterei über Petersdorf Deutsch-Pin bei Schibot den flüchtenden Ungaren in den Weg gekommen, und brachten viel

Kriegsgerät und mehr als 1000 Gefangene Ungarn in die Stadt zurück. Dieses alles war an einem Sonntagvormittag, bis Mittag war die Revolution für uns endgültig entschieden.

Das Volk war verarmt und verschuldet. Die Umplankungen waren verbrannt vom Freund und Feind, der Viehstand war knapp geworden. Es war ein Glück, dass die Jahre 1848-1849 gesegnet waren, der Winter zwischen beiden war einer der kältesten, wo die Singvögel erfroren. Viele mussten Brotschulden zahlen mit hohen Zinsen. Es gab damals keine Unterstützung. Als mein Vater in Maroschparka zwangsweise arbeiten musste, war es nicht genug, dass Mutter 5 Kinder zu ernähren hatte, sie musste auch Brot für den Feind liefern. Der gewesene Stratege Molke hatte recht als er sagte: Der beste Sieg ist eine Geißel fürs Volk"

Da mein Pensum mit meinen dreiundachtzig Jahren abschließt (15. Januar 1920) und nicht nur von meinen Nachkommen gelesen wurde, für die es bestimmt war, so verabschiede ich mich von meinen verehrten Leserinnen und Lesern des Feuilleton Unterwald. Damit meine Erlebnisse nicht mit begraben werden, hinterlasse ich meinen Nachkommen 30 Hefte in Druck, so gut ich eben schreiben konnte. Sollten diese meine Erinnerungen unter meinen Mitbürgern und Bürgerinnen freundliche Aufnahme gefunden haben, so habe ich mein Ziel erreicht, und schließe mit dem Motto: „Was erhält frisch und jung, Arbeit und Erinnerung" Der Verfasser Josef Schoppelt

Anhang

Brief von Katharina Dörr

Abschrift eines Briefes von der Mutter der Ehefrau von Josef Schoppelt, an ihren Mann. Sie war schwer krank und der Brief drückt die Sorge um ihre Tochter aus und ist ebenfalls ein Zeitdokument für die Schrecken der damaligen Revolution.

Den 18.März 1849

Mein vielgeliebter teurer Johann,

In meinem großen Trübsal und Elend in dem ich jetzt bin, nehme ich meine Zuflucht Dir zu schreiben, obwohl ich nicht weiß lebst Du oder nicht. Doch hoffe ich Gott wird Dich ja auch nicht verlassen. Der Glaube an Gott ist bei mir zu groß;- wie dass ich das glauben könnte. Umgeben von Freunden, -in der Angst um Dich—um die Kinder und um mich, sitze ich hier bei Nacht und schreibe, weil der Schlaf fehlt, die Gedanken mich beunruhigen, und denke diesem elenden Leben nach.

Es sind bereits 8 Tage verflossen, seit dem der Feind in unsere Stadt gedrungen ist. Von der Angst was wir ausgestanden, und noch ausstehen, will ich nicht reden, weil sich so etwas nur fühlen, aber nicht beschreiben lässt. Wir leben zwar noch und erkennen darin Gottes Allmacht und Güte und sind dankbar. Doch schweben wir noch immer wie der Sünder auf Wasser. Da wir nicht wissen, was über uns beschlossen ist. Wir schweben in einer tiefen Finsternis und kein freundlicher Strahl der Hoffnung erhellt uns dies Dunkel der Zukunft. Wohin wir blicken ist alles Nacht. So wie jetzt um mich alles im tiefen Schlafen ruht, so ist es auch am hellen Tage, man sieht wenig Menschen von uns herum gehen. Ein jeder bleibt zu Haus, nur wer just muss, dass er nicht anders bestellen kann, den sieht man auf der Gasse gehen. Aber von diesen Menschen, was jetzt unsere Freunde heißen wollen, da geht man kaum 4-5 Schritte, so stößt man auf einen Feind. Es kann ja vielleicht nur eine Prüfung Gottes sein und wenn wir recht bedenken ist dieses nur eine kleine Züchtigung, die wir von dem Hochmut, Hass und Neid noch gnädig anerkennen sollen.

Deswegen lieber Johann nehme ich Abschied von Dir – denn uns trennt ein weiter Weg voneinander. Ich bin zwar auf den Tod gefasst, auch war mein Leben mir nie so süß, dass der Tod mich just so schrecken sollte. Doch möchte ich jetzt nicht sterben, weil Du nicht hier bist. Ich dachte mir den Tod friedlicher vor, wo mein Sterbebett alle meine Lieben versammelt seien.

Doch so ein Tod ist ja eine Seligkeit, gegen so eine Ungewissheit in der wir jetzt sterben. Doch was Gott über uns beschlossen haben wird, dem Schicksal werden wir nicht entgehen. So bin ich auch bei dem Entschluss, meine Behauptung nicht zu verlassen und ist mir nur ein End beschieden, so ereilt es mich auf der Straße ebenso wie zu Hause.

Deswegen, mein lieber Johann, nehme ich nochmals Abschied von Dir. Nur bedauere ich mein armes Kind. Deswegen bitte ich auch Dich, wenn ich wirklich sterben sollte und Du und unser Kind am Leben bleiben, so bitte ich Dich nochmals, behandele sie so wie es sich einem Vater geziemt. Lass sie die Schule nicht versäumen und halte sie dazu an. Schicke sie zur

Arbeit. Du kannst es tun, wenn Du nur willst. Lieber entziehe Dir von Deinen Freunden etwas und spar es auf das Wohl Deines Kindes. Wenn Du ihr auch keine Güter der Welt hinterlassen kannst, so bleibt ihr doch das ruhige Bewusstsein, sich ihr Leben, wie wir mussten, zu ernähren. Denn das raubt ihr kein Feind, das bleibt ein ewiges Vermächtnis.

Tue es mir zuliebe, wenn ich Dir im Leben etwas war und halte sie zum Guten an, dass ich zwar weiß, dass Du es tun wirst. Sage ihr öfters von mir, dass die letzte Bitte, der letzte Seufzer zu Gott um sie gegangen wäre, sie zu behüten und zu segnen.

Und nun mein lieber Johann, sollte das Schicksal uns nicht gnädig sein, uns auf dieser Welt wieder zu sehen, so bitte ich Dich um Verzeihung. Ich sage dieses, weil ich Dich gar oft beleidigt habe, nur mit Vorsatz geschah es nie. Aber Du hast mein gutes Herz missverstanden, ich habe oft Unrecht erdulden müssen, doch alles ist vergessen, denn Du warst mir zu lieb. Nochmals also verzeihe mir.

Nun schließe ich mein Schreiben mit einem herzlichen Gruß an Dich und wünsche Dir alles Gute. Gott möge Dich beglücken und segnen. Deine Schwester lege ich Dir auch noch ans Herz, verlasse sie nicht, behandele sie nicht nur wie ein Bruder, sondern sei ihr das, was Gott ihr genommen hat, -Vater und Mutter.
Lebe wohl- auch in Ewigkeit noch immer Deine
Katharina

Auf diesem Schreiben vermerkte später ihr Ehemann:

Von meiner all zu früh dahingeschiedenen geliebten Gattin geborene Katharina Dörr, welche am 29.April 1850 um 10Uhr vormittags im 30 Lebensjahre ihr rastlos tätiges beendete. Gott der Allmächtige möge sie in seinen Schutz aufnehmen.

Amen

Weiter schrieb die Tochter später noch folgendes dazu:

Zur Erinnerung von meiner unvergesslichen Mutter, sie hinterließ diesen Brief an meinen Vater gerichtet 1849 in der Revolution. Mein Vater war gepflichtet und sämtliche Gardisten. Man wusste nicht, ob man sich noch in diesem Leben sehen würde.

Jedoch Gott der Allmächtige fügte es so, dass wir uns alle wieder sehen sollten, aber leider nur für kurze Zeit. Nach einem Jahr starb meine gute Mutter. Ich war im 10.Jahr ihr einziges Töchterchen.

Ich habe viel verloren. Die selige Mutter war in meinem Gedächtnis. Ruhe sanft in Ewigkeit.

Luise

Der Vater von Luise Nössner heiratete nach dem Tode seiner jungen Frau noch einmal. Luise hatte eine schwere Jugend und wurde später die Ehefrau von Josef Schoppelt. (Bild Seite 7)

O. Rodamer.

Plan der Hausbesitzer in Mühlbach 1926
Bearbeitet von Erich Frank

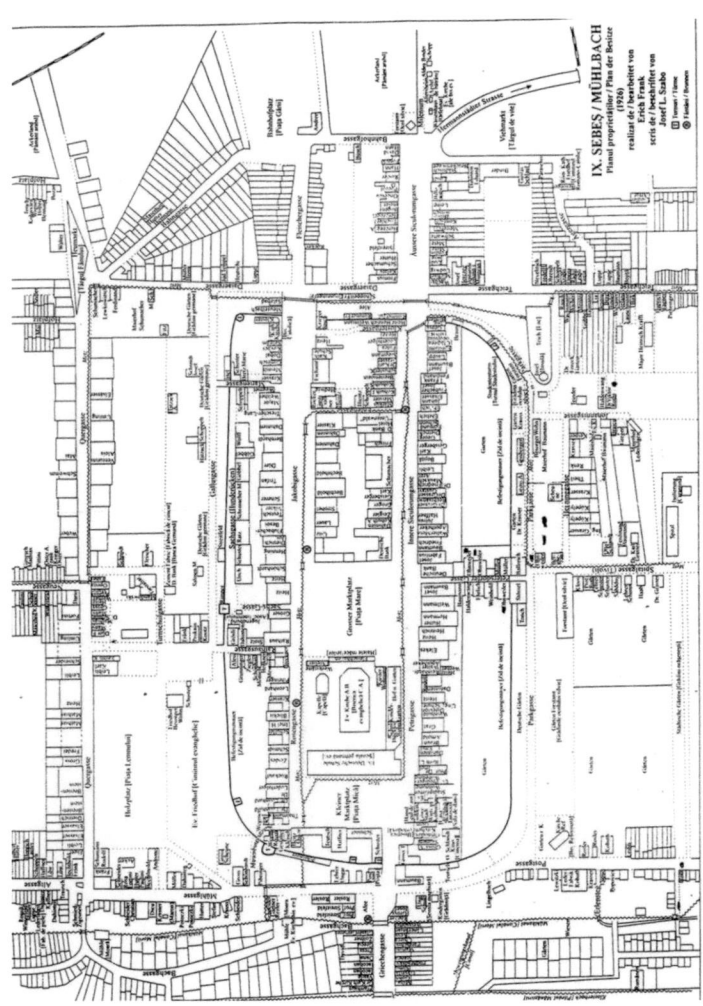

Teichgasse, Äußere Siculorumgasse

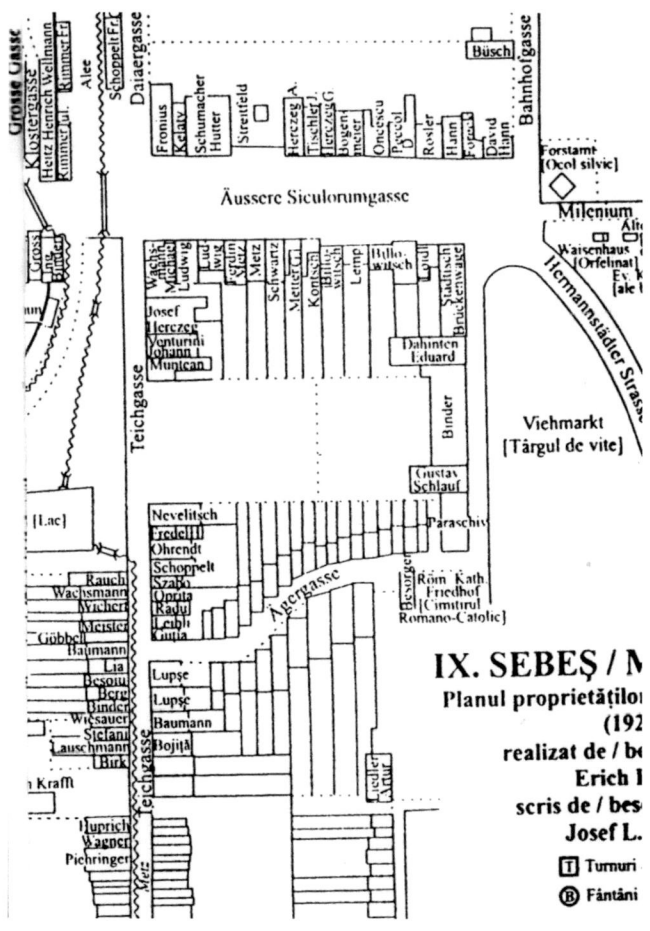

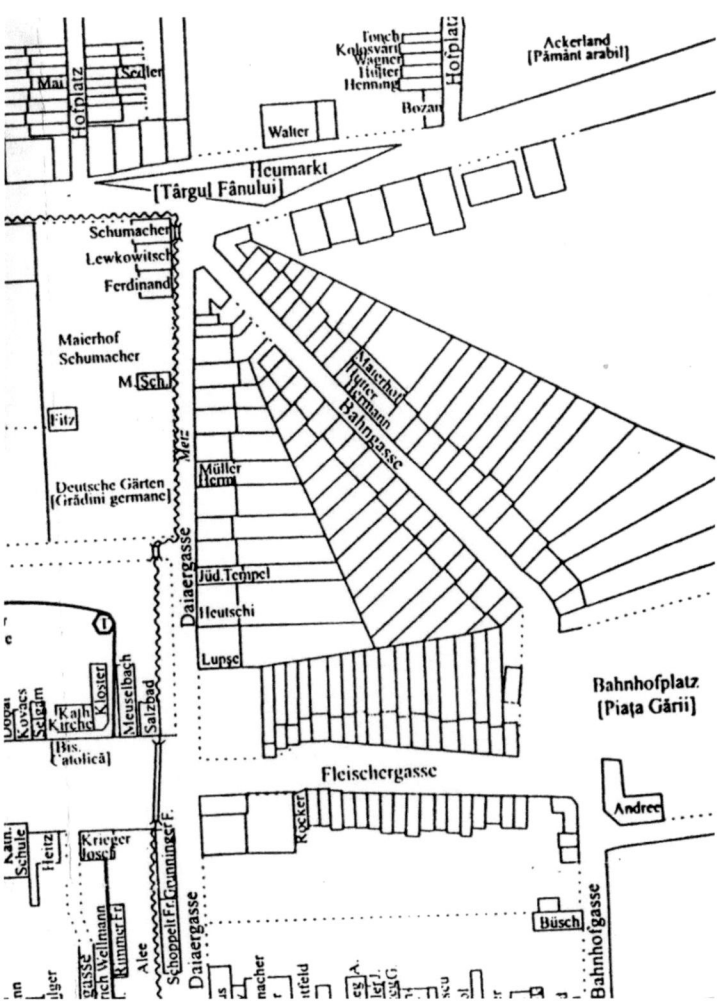

Spitalgasse, Johannisgasse, Petersdorfer Gasse

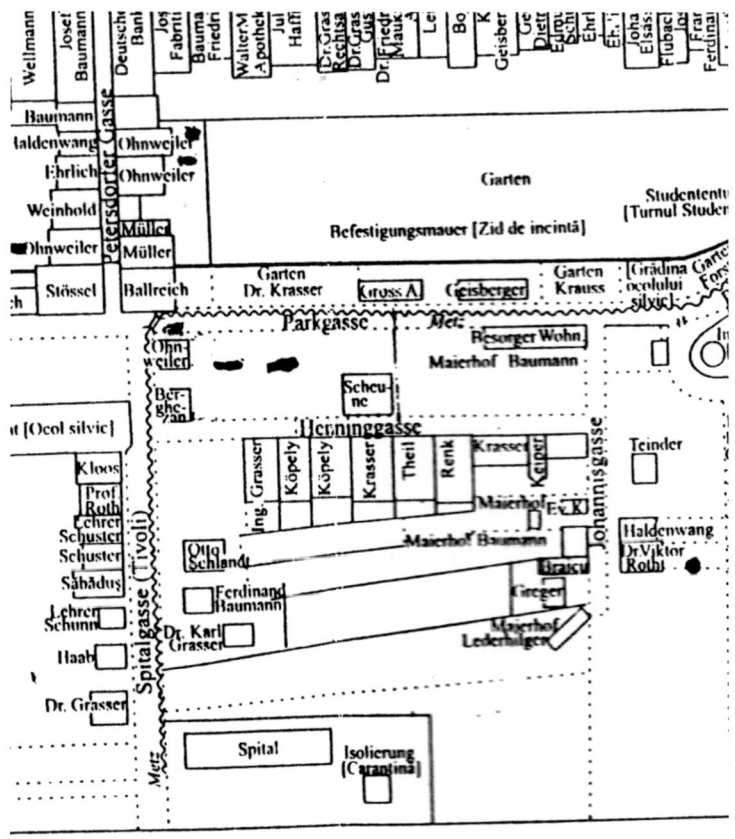

Innere Siculorumgasse, Jakobigasse, Sachsgasse

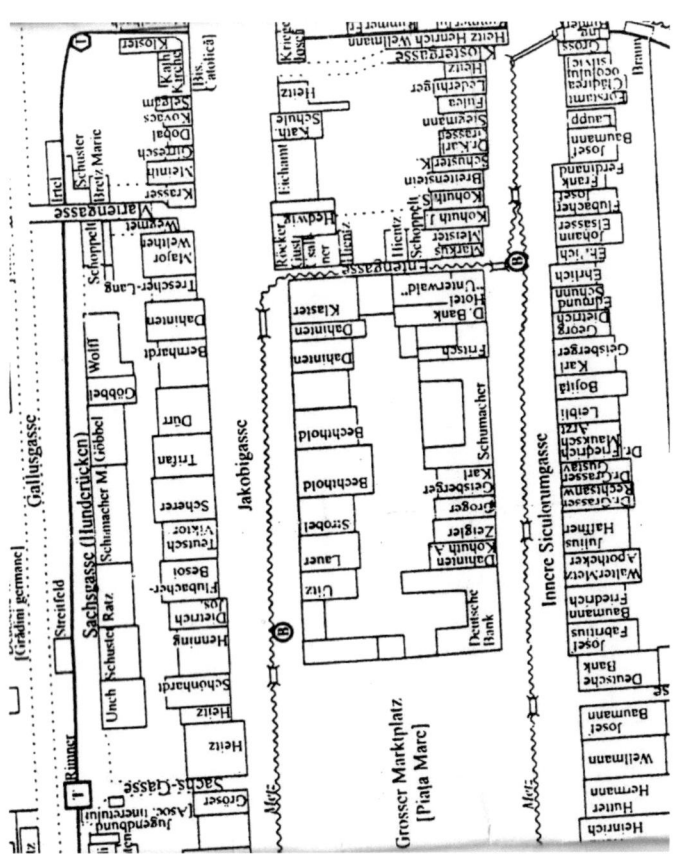

Quergasse, Neugasse

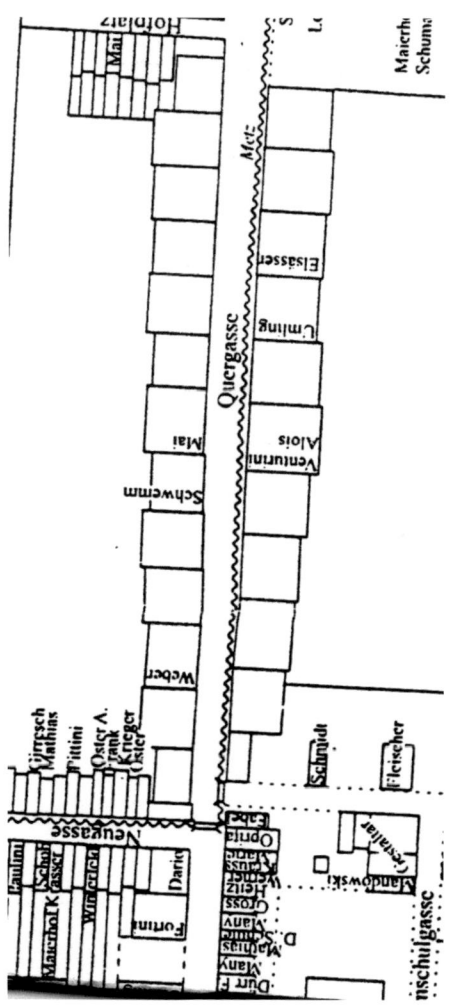

Parkgasse, Postgasse, Spitalgasse

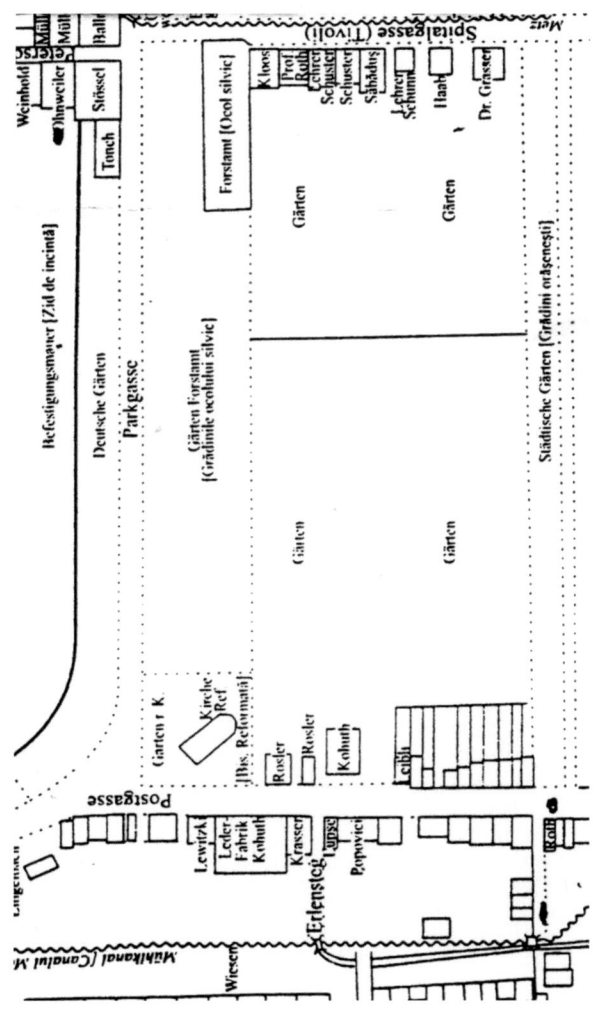

Petrigasse, Rosengasse

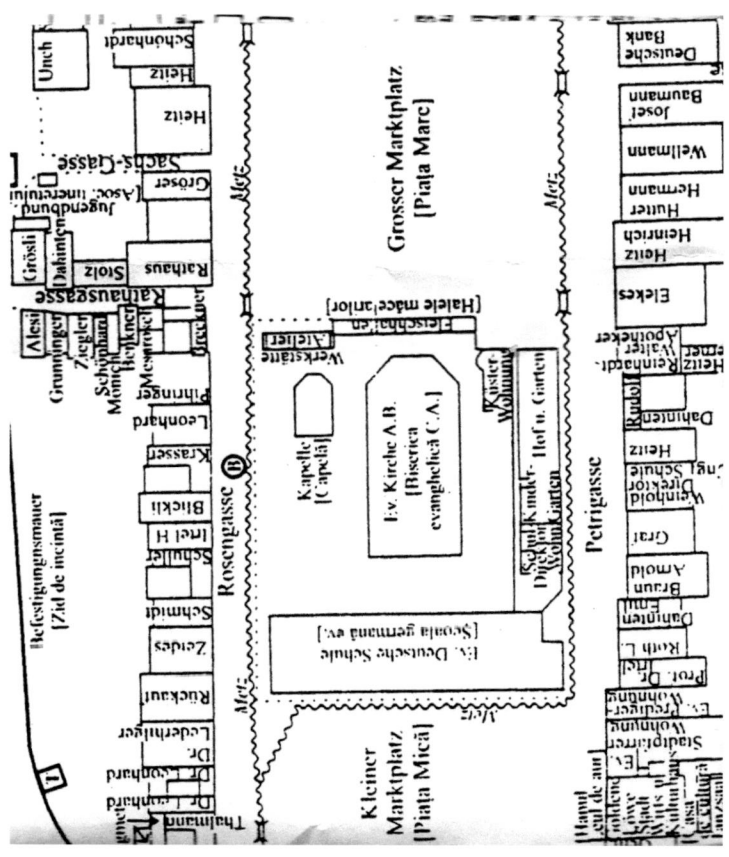

Rathausgasse, Quergasse

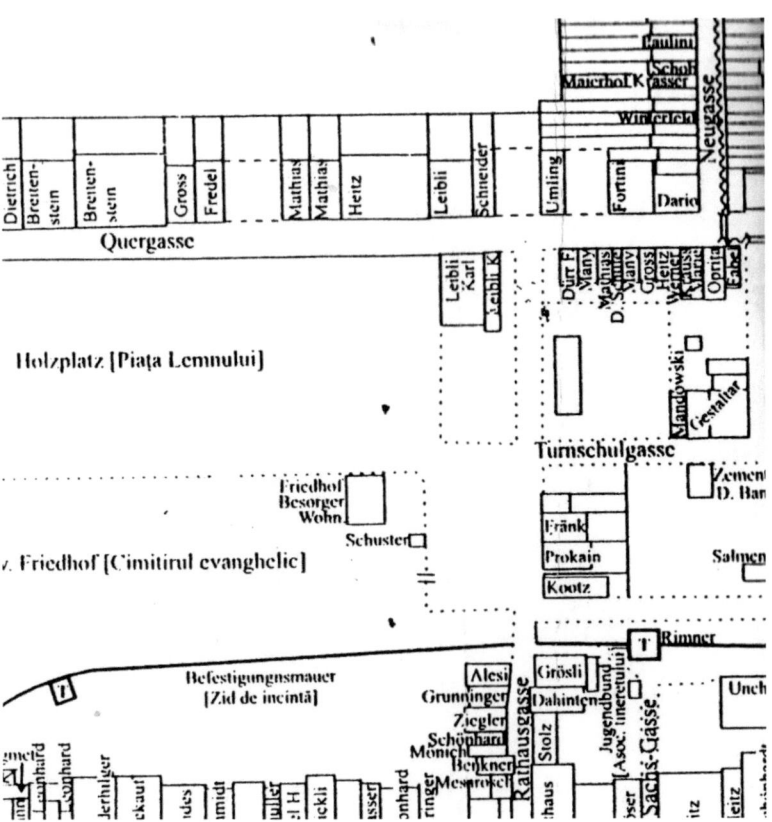

Griechengasse, Bachgasse, Mühlengasse

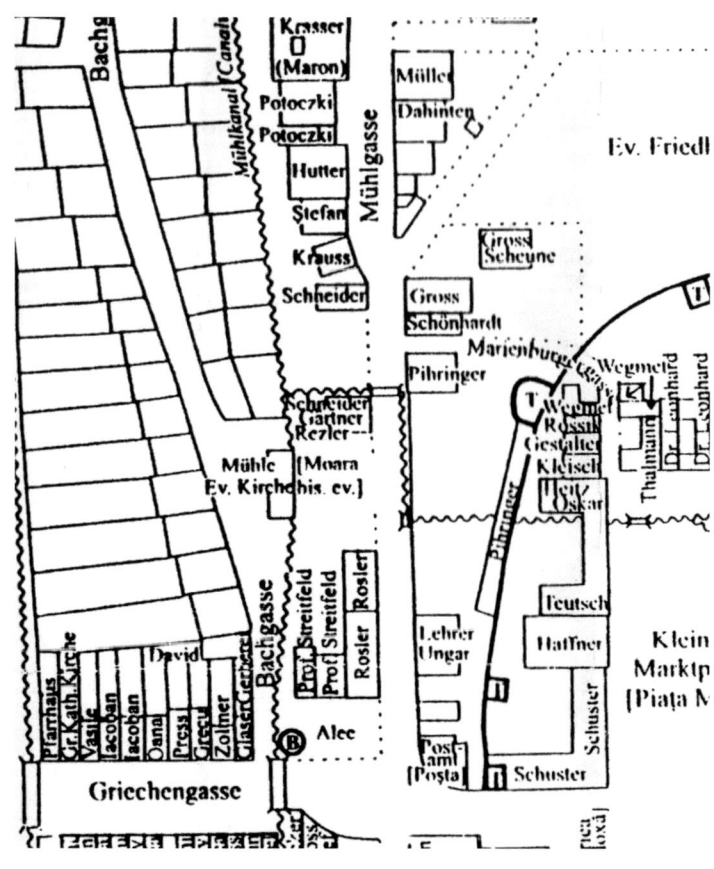

Mühlengasse, Quergasse

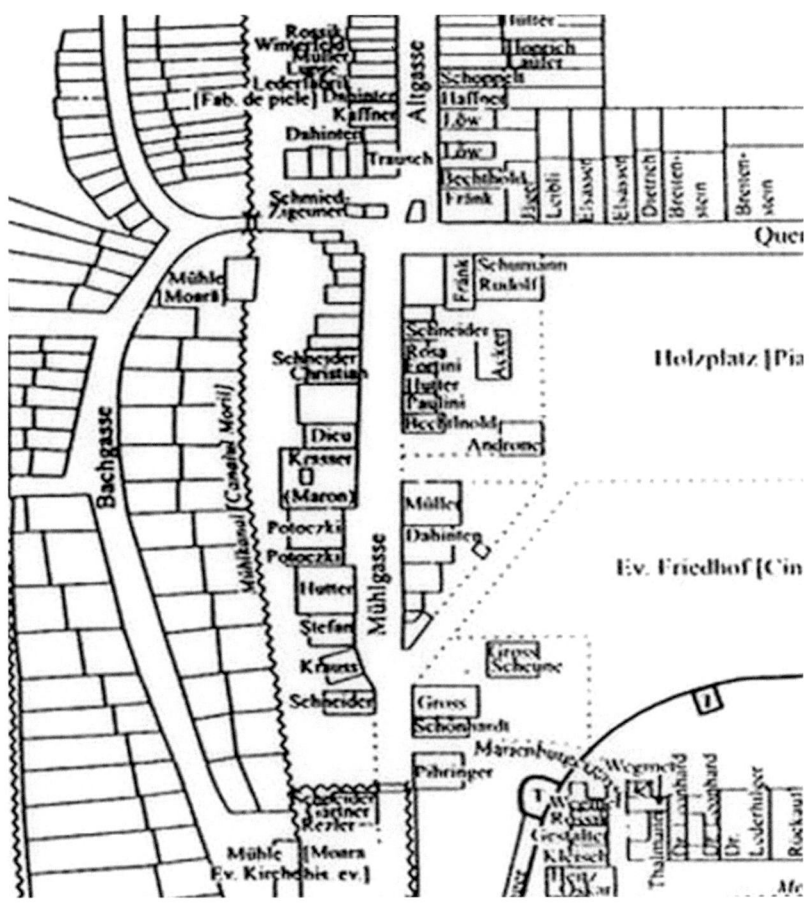

Altgasse

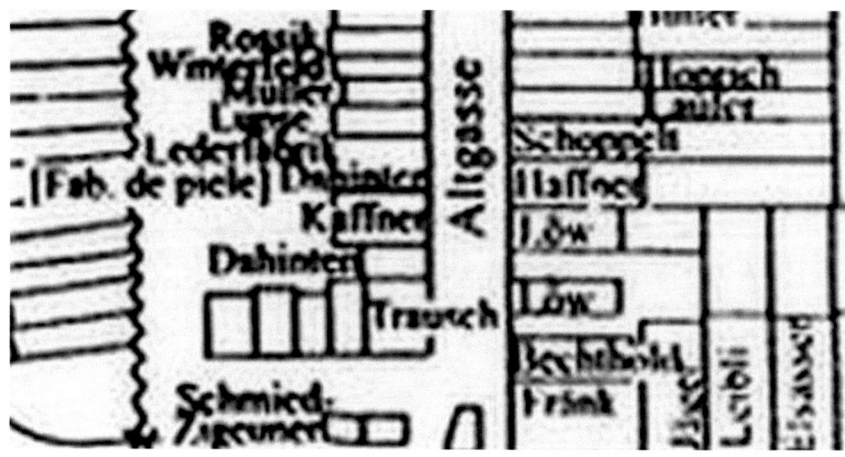

Quellennachweis

Geschichtliche Daten in der Einleitung zum Teil aus „Ge-
schichten der Siebenbürger Sachsen" von Michael Kroner,
Nürnberg, 2002, Heft 11,
Über Mühlbach aus dem „Der Unterwald" Nr.2 Jahr 2009.
Plan der Besitzer (1926) bearbeitet von Erich Frank